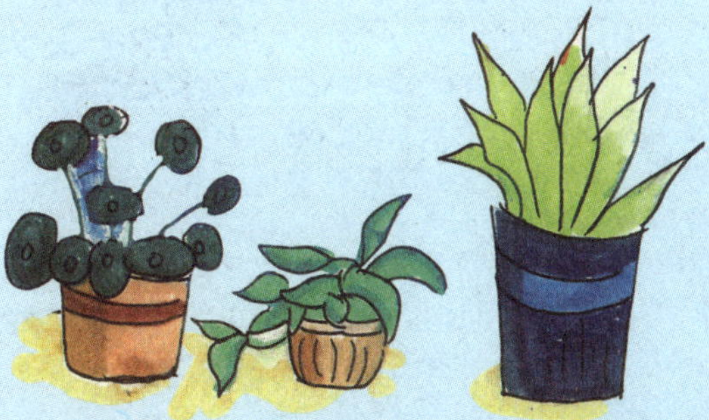

《我的书屋·我的梦》编委会

（以姓氏笔画为序）

我的书屋·我的梦

2022年河南省农村少年儿童阅读实践活动
优秀作品集

《我的书屋·我的梦》编委会　编

海燕出版社
·郑州·

图书在版编目（CIP）数据

我的书屋·我的梦：2022年河南省农村少年儿童阅读实践活动优秀作品集 /《我的书屋· 我的梦》编委会编. —郑州：海燕出版社，2023.4
ISBN 978-7-5350-9167-3

Ⅰ. ①我… Ⅱ. ①我… Ⅲ. ①文艺－作品综合集－河南－当代 Ⅳ. ①I218.61

中国国家版本馆CIP数据核字（2023）第069293号

我的书屋·我的梦
WO DE SHUWU WO DE MENG

出 版 人：李 勇　　美术编辑：刘 瑾
选题策划：董中山　　责任校对：李培勇
责任编辑：王纪东　　责任印制：邢宏洲

出版发行：海燕出版社
地址：郑州市郑东新区祥盛街 27 号　邮编：450016
网址：www.haiyan.com
发行部：0371-65734522　总编室：0371-63932972
经　销：全国新华书店
印　刷：河南新华印刷集团有限公司
开　本：787 毫米 ×1092 毫米　1/16
印　张：11
字　数：125 千字
版　次：2023 年 4 月第 1 版
印　次：2023 年 4 月第 1 次印刷
定　价：32.00 元

前　言

这是一场最有温度的约会，也是一次最长情的告白。

2022 年，“我的书屋·我的梦”河南省农村少年儿童阅读实践活动第九次来到孩子们身边。

九年时光，我们怀揣梦想，砥砺远征于浩荡山川，不弃微末，不舍寸功。

九年时光，孩子们仰望星河，扬帆起航于一间间农家书屋，驰骋文字，振翅云霄。

农家书屋，正在成为孩子爱读书、读好书、善读书的精神乐园和第二课堂。“我的书屋·我的梦”阅读实践活动，高擎阅读之炬，正在照亮更多农村少年儿童的生活。

2022 年，我们如期而至，再赴这场梦想之约。

紧紧围绕迎接宣传贯彻党的二十大这条主线，依托农家书屋平台阵地，“我的书屋·我的梦”河南省农村少年儿童阅读实践活动不断创新形式，引导广大农村少年儿童深入学习习近平总书记的教导嘱托，宣传展示党和国家事业取得的历史性成就、发生的历史性变革，激励引导孩子们厚植爱党爱国爱社会主义情怀、树立强国复兴有我的远大志向。

在主题阅读活动中，孩子们学习党史、诵读经典、参观寻访，在党的故事、革命的故事、英雄的故事里，知史知党、知史爱国。

在社会实践活动中，孩子们当上“书屋小管家”，在劳动教育中增强主人翁意识。

在征文书画创作活动中，孩子们通过写作、书法、绘画、手抄报等方式，抒发阅读红色故事的心得感悟，记录美丽乡村的发展变化，描绘全面小康和乡村振兴的美好图景，深刻认识中国共产党领导和中国特色社会主义制度的历史必然性和优越性。

经逐级推荐、专家评审，我们精选出优秀征文30篇、书法作品60幅、绘画作品39幅、手抄报作品15幅。

游目八荒，河清海晏。在一间间农家书屋里，孩子们感受山河壮美、人民豪迈；在一件件作品中，孩子们描绘新征程、畅想新未来。

这是河南省广大农村少年儿童眼里最生动、最温暖的盛世。我们再次将这些写满了童真和希望的文字和图画结集成册，这些优秀作品是逐梦前行的伟大时代最独特、最生动的注脚。

在本书出版之际，衷心感谢各位专家老师的大力支持和指导帮助，他们是：王琼桢、李丰原、杨海波、陈宁、郑意、赵颖、韩可平、程梦媛。

最后，向所有积极参与“我的书屋·我的梦”河南省农村少年儿童阅读实践活动的老师们、同学们，以及各省辖市和济源示范区宣传教育部门的同志们表示衷心感谢！

用书香滋养孩子们的心灵，用阅读浸润孩子们的生命。我们倾心浇灌，期待花开有声。我们坚信，阅读之光一定能为河南省农村少年儿童擦亮心灵，开启智慧，搭起通往未来的希望之桥。

目 录

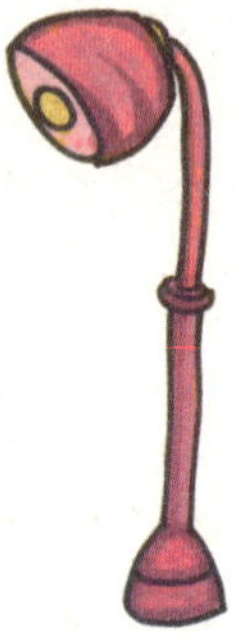

征文作品

小学组

读书助我圆梦

我是一名聋哑孩子，我会和正常孩子一样向您投去灿烂幸福的微笑。许多了解我家情况的人见到我会投来惋惜、同情的目光。我的父母都是聋哑人，只能靠极其简单的汉字与熟悉的人用文字交流，他们没有收入，更没有钱为我买书，也根本不了解读书的快乐与幸福。七岁那年我踏进聋哑学校的大门，学校里那些花花绿绿的书籍和书上的图画让我迷上读书。

老师带我走进学校图书室，在那里我认识了心中的女神——海伦·凯勒。海伦·凯勒小时候因为生病丧失了视力和听力，但是她没有自暴自弃，并在莎莉文老师的帮助下成为一名盲聋教育家、作家。原来残疾人也可以做出超出正常人的事情，成为对社会有贡献的人！从那时起，我不再抱怨命运的不公，而是努力学习，使自己成为像海伦·凯勒一样残而不废的有用人，不要做拖累家庭和社会的包袱。莎莉文老师教海伦·凯勒学习“water”这个单词时，一只手拉着她触摸着水，另一只手在她的手心写着“water”，从此海伦·凯勒爱上了学习，爱上了读书。这情节和我在学校时老师教我练习发音多么相似：老师一只手拉着我的手，将手放在老师的喉部，另一只手拉着我的手放在我自己的喉部，先从“a、o、e”教我发音，然后教我认识了词语“爸爸、妈妈、老师”，后来学习了句子“这是桌子，那是椅子”。刚开始我只能读一些简单的绘本，慢慢地我能看懂一些童话故事，故事的情节吸引着我，我好羡慕有好多好多读不完的故事书的孩子。和海伦·凯勒相比，自己太幸运了，我还可以看到这五彩缤纷的世界，可以读自己喜欢的各种书籍。

后来我只要有空就去图书室读书，我的知识和能力也不断地在增加。家人生病了，我可以陪他们一起去医院看病，并和医生通过书写来沟通病情和治疗方法；家里需要办理事务和购置生活用品时，我也能负责沟通，父母不再为这些常人觉得微乎其微的家庭小事而苦恼，我成了我们家和外界沟通的桥梁。

我心中暗暗发誓一定要读遍自己喜欢的书，我要在书中畅游，用知识改变命运，做到和健听人无障碍沟通，成为一个对家庭和社会有用的人。

姓　　名：刘文晓

学　　校：河南省登封市特殊教育学校

农家书屋所在地：河南省郑州市登封市嵩阳街道办事处

指导教师：李朝霞

传　承

捻一抹茶香，守半盏时光；撷一缕书香，承几代梦想。

——题记

爷爷和他的书包

我的爷爷出生在新中国成立不久，就是那个刚刚结束战火的年代。那时候，很多人意识到落后就要挨打，爷爷成了当时为数不多的学生中的一员。上进心极强的爷爷，一有时间，就捧着书，为了节省本和笔，爷爷经常用树枝在地上写字。在那个买什么都需要“票”的时代，爷爷靠捡垃圾硬是给自己买了一个小书包，从此爷爷那仅有的一本书、一个破本子和笔终于有了归宿。爷爷的兄弟姐妹多，家里生活压力大，后来爷爷不得不辍学，担起养家的重任，从此那个小书包成了爷爷心中永远的梦。

爸爸和他的书柜

我的爸爸出生在改革开放时期，用爷爷的话说，就是邓小平爷爷在中国的南海边画下那个圈之后的几年。尽管那时候家里也不是很富裕，但是比起爷爷，爸爸就幸运了很多。他上学的第一天就可以背着崭新的书包，里面还有各种书本和文具。后来，爸爸已经不满足于学校的课本，到处去买去搜集当时的各种“小人书”。爷爷看爸爸如此沉迷读书，用家里盖房子剩下的木料，亲手给爸爸打造了一个书柜。书柜里虽算不上琳琅满目，但《水浒传》《三国演义》等名著也应有尽有。从此，书柜陪着爸爸从小学，到大学，到有了我。

我和我的书屋

我出生在中国崛起、民族复兴的新时代。从上幼儿园开始，爸爸妈妈就开始培养我的阅读习惯。家里的书，从冰心奶奶的《小橘灯》到鲁迅爷爷的《朝花夕拾》，从《伊索寓言》到《格林童话》，毫不夸张地说，我的书屋里的书“横看成岭侧成峰”，绝不逊色于小型的书店。月上枝头，就是我开始阅读的时间。我为了火柴熄灭，和卖火柴的小女孩一起哭过；为了回到农场，再次见到亲人，和小海蒂一起笑过。沉浸在书的世界里，每一天都让我有着不一样的收获。

从爷爷的书包，到爸爸的书柜，再到我的书屋，承载着我们三代人的希望和梦想，更见证着祖国的繁荣与富强。

泱泱华夏，屹立东方，一品书韵，文墨飘香；

巍巍中华，灿烂辉煌，一品书韵，满载希望。

——尾记

姓　　名：蒋吉豫

学　　校：河南省郑州市新密市新岗路小学

农家书屋所在地：河南省郑州市新密市溱水路荣升花园

指导教师：杨晓娟

我的书屋我的梦

虽然我只是一名小学生，但我从小就与书结缘，至今它已陪伴我走过了11个春秋。书像一位好朋友，更像一个小宠物、小精灵，总是与我形影不离。

每每翻开书，我们就开始了交流。我问问题，它来回答。这个字是什么意思？《新华字典》来回答。天空为什么会下雨？《大英百科全书》来回答。我们为什么被称为“炎黄子孙”？《上下五千年》来回答。你看，这个时候，书籍又变成了我的老师。

一开始，我没有自己的书屋，我的书就和爸爸的书混在一起。后来我有了自己的卧室，卧室也就升级成了我的书屋。我看书的习惯不太好，比较邋遢，总是看完一本之后，随意放在一边。结果，我的房间里到处都是书，书桌上、柜子上、床上都摆满了各种书籍。课余时间，我总会捧起书本，全神贯注地在知识的海洋里遨游，汲取知识的力量，走进书的世界，发掘无数的宝藏，直到爸爸催我赶快关灯睡觉。周末，我还喜欢参加“喜马拉雅”的读书活动，把读书的音频发到网上，还获得了不少的点赞呢！

其实，我最喜欢去的一个地方叫“回声馆”，那是一个隐于闹市的小书屋。它以原木装饰为主，在温和的灯光下，让人倍感温馨。人气最旺的当数三楼的儿童书籍区，许多小朋友或席地或倚台阶而坐，顾不到姿势是不是端正，捧起书本就津津有味地读起来了。嘘！还有的父母，正在轻声地给小朋友读书呢！

自从我们家被学校评为“书香家庭”之后，我就不再满足于囫囵吞枣式的阅读了。很多时候，虽然还是不求甚解，但慢慢有了自己的思索。特别是当我拜读了杜少陵的《茅屋为秋风所破歌》之后，内心澎湃激昂，久久不能平静。诗人博大的胸襟和崇高的理想，深深震撼了我。联想此前看到的一个纪录片，里面记录了许多小朋友为了上学读书需要跋山涉水、徒步几十公里，还要躲避诸多危险，我就想，什么时候我们也能建这么一个“大书屋”，能让天下所有喜欢读书的小朋友都来尽情地读书，不必跋山涉水，不必困难重重！

这个书屋就是我的梦！我要为建设一个这样的“大书屋”而努力！

姓　　名：李至荣

学　　校：河南省郑州市二七区棉纺路小学

农家书屋所在地：河南省郑州市二七区棉纺路街道办事处

指导教师：董倩倩

书屋载梦，扬帆起航

在一个小小的村庄里，有我小小的家；在那个小小的家里，有我小小的书屋，我给她取了一个名字——思源书屋。书屋虽小，可她却是我最要好的朋友。她能解我困惑、平我心绪、助我成长。她里面藏着我最喜欢的书籍，藏着我最宁静快乐的时光，还藏着我小小的梦想。那里是我梦想起航的地方。

老师曾问过我们："你们的梦想是什么？"梦想？那时我对这个词充满疑惑，难道梦想是做梦的时候想到的事情吗？于是我来到我的书屋寻找答案，原来梦想是对长大了要成为有所作为的人，做有意义的事的期望，是心中想要实现的目标。那我长大了要成为什么样的人？能做什么有意义的事呢？我再一次迷茫了。这次书屋并没有告诉我答案。

我问妈妈，妈妈说我可以穿上白大褂救死扶伤；我问爸爸，爸爸说我可以穿一身军装，保家卫国；我又去问老师，老师说我可以学习更多知识，教书育人……我问了很多人，可仍然不知道自己的梦想到底是什么。

后来，那场突如其来的新冠疫情暴发了。那一年，人们都闭门不出，大街小巷空无一人，没有了往年春节的热闹；那一年，无数白衣天使不惧危险，奔赴抗疫第一线；那一年，无数医生、专家没日没夜研究治疗药物；那一年，新冠病毒夺去了很多鲜活的生命。看着这一幕幕，我心中充满着感动、悲伤与坚定的信心，同时一个小小的梦想在我心中悄然萌芽。

我长大了要穿上白大褂，救死扶伤！我要做一名医生，让更多的人免受病痛的折磨！可是要怎么做呢？我又一次陷入了沉思。妈妈说："去找你的书屋吧，她能告诉你该怎么做。"我再一次来到书屋，在那里我没有找到任何关于医学的书，以我现在的知识水平，即使有我估计也是看不懂的吧。可是在书屋里我明白了"宝剑锋从磨砺出，梅花香自苦寒来""一寸光阴一寸金，寸金难买寸光阴"，我明白了成功是百分之一的天赋加上百分之九十九的努力。我坚信勤能补拙，只要我肯努力，学医不是问题，将来成为优秀医生的梦想也终会实现！

我爱我的书屋，她在我迷茫的时候点醒了我，她是我的良师，也是我的益友。我的思源书屋会不断拥有新的书籍，她的空间会不断扩大，她会承载着我那小小的梦想扬帆远航。她会像灯塔一样指引我勇往直前。

姓　　名：高阳

学　　校：河南省平顶山市叶县龙泉乡齐庄小学

农家书屋所在地：河南省平顶山市叶县龙泉乡齐庄村

指导教师：董俊歌

我的书屋我的梦

每每说到读书，我就会觉得很自豪。从我咿呀学语开始，妈妈给我买用布做的玩具书，到年龄大一点看的绘本，再到拼音读物和现在厚厚的书籍，可以说书就像我的影子一样，陪伴着我的童年。用妈妈的话说，在读书方面我就是一个“杂食动物”，只要是书我都看，不分类别。前几年我们镇上也有了书屋，这对于我来说真是一件天大的好事，我可以每周都去书屋汲取营养，度过欢乐时光了。

我们这里的书屋，外观古朴典雅，室内宽敞明亮，整齐地摆放几张长桌，虽然不豪华，却显得既朴素又雅致，是我博览群书的好去处。看到书架上整整齐齐地摆放着的各类书籍，我就像看到老朋友一样，心里有说不出的兴奋。这个时候我才觉得真正属于我的空间来了，因为这里有我许许多多的梦……

看到有关历史方面的书，眼前就会浮现许许多多过去的画面。我置身于其中，和诗仙李白舞文弄墨，感受他的浪漫，欣赏他的智慧；和诗圣杜甫一起弃官入川，但仍然心系苍生，胸怀国事；和女词人李清照一起谈词说赋，感受她的婉约，仰慕千古第一才女的清丽脱俗。看到八国联军攻打北京的现场，我真的是由内而外地感到愤慨，恨不得自己也加入战争打他个落花流水；看到万里长城从修筑到完成，我真为我们祖先有这样的智慧而感到骄傲。

看到自然景观类的书，我就兴奋地浮想联翩，我多想长一对翅膀，飞到内蒙古大草原去看看那达慕大会的热闹景象，观看惊险刺激的赛马、摔跤，喝一喝醇香的奶茶，吃一吃美味的手抓肉；我还想飞到新疆吐鲁番去，亲手摘一串葡萄，大口尝一尝窝窝馕，再到火焰山去感受一下那里的温度，到塔里木去看看坚强的胡杨；我更想飞到西双版纳去，穿上漂亮的傣族服饰，过一次傣族的泼水节，和大家一起互相泼水，互相祝福，一起度过美好的一天。

书屋，开阔了我的视野，增长了我的知识，更见证了我的成长，它是我梦开始的地方！

姓　　名：魏如意

学　　校：河南省洛阳市洛龙区丰李镇丰鑫小学

农家书屋所在地：河南省洛阳市洛龙区丰李镇

指导教师：李辉

我要做个小诗童

“粗缯大布裹生涯，腹有诗书气自华。”诵读古诗词，既可以陶冶我们的情操，又可以使我们了解中国上下五千年的历史。优秀的文化经典，感染了一代又一代人。诵读经典，弘扬传统文化，我们义不容辞。

去年腊月的一天，我无意间看到中央广播电视总台的《中国诗词大会》，很快就被里面博学多识的哥哥姐姐们深深吸引。从那天开始，我立志，也要每日背诵古诗词，向哥哥姐姐们学习，请妈妈在朋友圈打卡监督。

想法很美好，过程却很艰难。我清晰地记得，最开始的三十天，我背诵的全是文言文，生僻字过多，标点符号又少，更增加了背诵的难度。为了提高背诵速度，背诵前我就先听诵读，然后再逐词逐句地理解意思，再默读译文，最后了解作者的创作背景以及生平。可能掌握了背诵的诀窍，也可能越背脑子越灵活，慢慢地，我的背诵速度越来越快，到现在，八句的古诗，五分钟以内就可以背熟。妈妈朋友圈的叔叔阿姨纷纷为我点赞，最让我感动的是我的张老师。她每天在朋友圈为我点赞，并鼓励我走上讲台展示背诵的古诗，更是推荐我代表班级参加学校的诗歌朗诵，我能坚持到现在，她是我最想感谢的人。

最近几天，我一直在背诵诸葛亮的《出师表》。我从小喜欢阅读，尤其喜欢阅读和历史有关的书籍，《三国演义》更是听了两遍，刘备的仁政爱民，诸葛亮的足智多谋，赵云的骁勇善战……正是因为对《三国演义》的喜爱，枯燥难懂的《出师表》，背起来也显得得心应手。诸葛亮对刘备的知遇之恩的感激之情，以及他甘愿以身许国为汉室鞠躬尽瘁的忠贞之心，让我忍不住为诸葛亮的忠诚所感动。

“读史使人明智，读诗使人灵秀。”古诗词更是中国传统文化的精髓，值得我们用心去聆听，将近三百天的古诗词背诵，《茅屋为秋风所破歌》让我认识了关心民众、忧心社稷的杜甫，“长风破浪会有时，直挂云帆济沧海”让我学习了李白对生活的积极态度和不服输的勇气，还有精忠报国的岳飞，多才多艺的苏轼……

就像古人所说的，“黑发不知勤学早，白首方悔读书迟”“三更灯火五更鸡，正是男儿读书时”，中国文化博大精深，古诗词更是文化的精髓。现在正是读书的好时机，我要好好学习，努力背诵古诗词，做个小诗童，希望有一天我也可以出口成章，满腹经纶。

姓　　名：刘栩硕

学　　校：河南省郑州市巩义市伏羲路小学

农家书屋所在地：河南省郑州市巩义市

指导教师：张巧丽

我的书屋，我的伴儿

书籍，是人类进步的阶梯。我觉得不止如此，书像春日里即将破土的嫩芽，给人以生气与慰藉；像夏日里经久不息的蝉鸣，是明亮的、热烈的、骄傲的，肆意地传播知识与信仰；像秋日霜重时一杯温热的茶，醇厚的香气将空气荡漾成文字的形状，经久不散；更像是冬日里刺破云层的暖阳，将清晖洒向大地，给人类带来文明的复苏。

自幼时起，便总听家中长辈说读书好，但具体怎么个好法，幼小的我也没什么概念，直到我第一次读《安徒生童话》，我才明白读书怎是一个“好”字就可简单形容的。我被那有趣的情节吸引，当读到主人公遭遇困难时，我的心也跟着紧紧地揪了起来；当主人公幸福地生活时，我的心也如阳光普照大地，像喝了蜜一样甜。自那以后，我就爱上了读书，如一只不知疲倦、求知若渴的小精灵般尽情地在书籍的森林中畅游。但随着我读书越来越多，对知识的渴求也越来越多。家中的书已不能满足我的需求，到城里的图书馆借书读，一来一回要花费很长时间，到书店买书，也是一笔不小的花费。在我日日为不能尽情地看中意的书而苦恼之际，一个好消息如一阵春风拂来，吹散了我心中的焦躁和不安——国家要在农村建农家书屋了！这个消息一出，我就日日期待着，渴望着那书屋赶紧建成。终于，一箱箱的书整整齐齐地摆放在书架上，我的心被喜悦填得满满的。当书屋开张后，我几乎每天都要花上一段时间在书屋里待着。

渐渐地，我的视野得到了极大的开阔，作文也写得比以前好多了，对国家的历史也有了更多的了解。我们的国家经历过种种曲折终于成立了新中国，直到改革开放的春风吹遍神州。在党的领导下，我国由站起来到富起来再到强起来。近年来，在习近平新时代中国特色社会主义思想带领下，我国又进一步强盛。除了小学生读本外，农家书屋还提供适合大人及老人阅读的书籍，以及农业技术书，农民伯伯学到了科学的方法种田，使庄稼得到了大丰收。他们灿烂的笑容，就足以证明了党的政策好。

现如今，我们少年儿童经过多读书都有所改变。我的邻居小明捡到10元钱，他都会引用诚信名言“诚信是做人的根本”“人无信不立，人而无信不知其可也”来提醒自己。他说：“难道这些名言是用来背诵的吗？如果我们不将这些教导化作行动，那不是白学了？我们应该将这些教导内化于心，做个诚实守信的人。”现如今，连村中七十多岁高龄的老奶奶讲话也会引经据典了，整个村庄都沉浸在一种安然静谧的氛围中。看着村民们素质提高、视野开阔，我情不自禁地感叹国家政策好，农村书屋好。

正如梁启超所说：“少年富则国富，少年强则国强，少年智则国智，少年独立则国独立，少年自由则国自由，少年进步则国进步，少年胜于欧洲则国胜于欧洲，少年雄于地球则国雄于地球！”作为新时代的好少年，我会努力奋斗，紧跟习爷爷的步伐，紧跟党的领导，支持党的政策；我愿与书为伴，愿人人心中皆有一个书屋，承载着爱国强国的梦想，愿中华民族走向伟大的复兴。

姓　　名：李锦林

学　　校：河南省南阳市卧龙区潦河镇吴集中心小学

农家书屋所在地：河南省南阳市卧龙区潦河镇吴集村

指导教师：柳恒改

我的书屋　共同的梦想

我有一个小小的书屋，虽然它很小，却是我心中梦想起航的地方。

我从小就陶醉于诗词世界里。妈妈说我三岁时就已经可以背诵“明月几时有，把酒问青天”“怒发冲冠，凭栏处、潇潇雨歇”和“东临碣石，以观沧海”了。三岁的事情，现在我记得不太清楚，但那些和爸爸妈妈在旅途中读过的书，时时在我脑海里闪现。爸爸充满激情的朗诵总会被我的无厘头打断，妈妈的诗词储备时而充盈，时而匮乏，不太稳定，因此我总是家庭比赛的主持者和获胜者。关于古人，爸爸妈妈和我的谈话很随意，岳飞被称为小岳，曹操被戏称为小曹，李白则是小李，别人也许会听得云里雾里，我们却乐在其中。

后来妈妈牵着我的手，走入了小学，开启了我的学生时代，在老师的带领下，追逐我的理想。每个学期的课外阅读书目，我都会如饥似渴地阅读。绘本是我最喜欢的，一张张精美的图画，一行行充满真善美的温馨文字，启迪了我的思维和对世界的认知。渐渐地，我能够从文字中读出广阔的世界：《人类起源的演化过程》《海底两万里》给我翻开了科学知识的画卷，《狗来了》《波普先生的企鹅》让我懂得了人生的成长和如何成为我自己。

丰富多彩的阅读世界里，不仅有传统文化的浪漫，也有我快乐的童年生活。妈妈要求的海量阅读开阔了我的视野，她希望我能像自己的名字一样，放眼四方，拥有广阔的知识海洋。一个偶然的机会，我参加了“一本书”公益活动，它让我看到了一本书更大的使命和价值。在活动中，我捐出了很多本书，我想象着通过一本本书，能让偏远农村的弟弟妹妹们，和我一起感受阅读的美好。妈妈说我的书屋虽然很小，但我的梦想很大。

愿我们都能在书海里自由畅游。

姓　　名：徐海阳

学　　校：河南省郑州市惠济区开元路小学

农家书屋所在地：河南省郑州市惠济区新城街道办事处

指导教师：王慧敏

梦在书屋，强国有我

提到书屋，爷爷说，他小时候连自己独立的窝都没有，哪有书屋？但当时对邻居家小胖的连环画最着迷。

爸爸说，他到 12 岁以后，有了一个属于自己的小房间。斑驳的墙壁上贴着一些海报，木桌子上放满了陈旧的书籍，还有一个简易笔筒和一盆绿萝。这应该也算是爸爸的“小书屋”。我对这个“书屋”有印象，回老家时，也曾多次进去。

我是幸运的，我从小就有自己独立的书房，洁白的墙壁，定制的儿童桌椅，各种各样的绿植做点缀，一排排书架上摆满了中外名著、童话及绘本等。我喜欢在洒满阳光的地板上席地而坐，捧一本书，一坐可能就是一下午。

也许是受长辈的影响，我从小就喜欢书。

一开始是痴迷于安徒生的童话，我幻想着自己能穿上水晶鞋，过上美好的生活。慢慢地，我又希望自己是卖火柴的小女孩，为他人带去光明和希望。后来，我又在怀疑自己是不是丑小鸭，是否能像它一样通过努力，变成白天鹅……这五彩斑斓的梦啊，也开启了我的读书之路，不断带我探索更广阔的世界。

后来，我接触到了儿童版的《西游记》，我总在想，世界上怎么会有像孙悟空这般神通广大的人物呢？他一路上总能发现危险，克服重重困难，打败各种妖魔鬼怪。我的内心跟着他们师徒四人，紧张着，害怕着，焦虑着，又兴奋着。我也梦想着能像孙悟空一样会七十二变，拥有火眼金睛，永远维护正义，做一个真善美的人。

现在的我，又迷恋上了《狼王梦》《写给儿童的中国历史》等书籍。我第一次知道了原来“狼”也有温情的一面，它们也有爱和梦想。我也感受到了中国历史文化的厚重，以及我们这一代人未来责任的重大。

书屋伴我成长，书屋这一狭小的天地，承载着父辈对我的殷切希望。我的书屋，它不仅仅是我的精神食粮，更丰盈了我的成长，承载了我的梦想。我想我的梦，大概就是像周恩来爷爷那般，为中华之崛起而读书吧！

梦在书屋，强国有我！

姓　　名：王梓

学　　校：河南省郑州市惠济区实验小学

农家书屋所在地：河南省郑州市惠济区新城街道办事处

指导教师：王晓静

我的书屋我的梦

高尔基说过：“书籍是人类进步的阶梯。”书是明灯，照亮我们前进的道路；书是良药，驱散我们心灵的阴霾；书还是一位好朋友，时时刻刻陪我学习，伴我成长。

我的爸爸是一名扶贫干部。暑假期间，爸爸邀请我到他帮扶的村子里体验村情民意。清早，东方露出鱼肚白，我和爸爸出发了。微风吹拂在脸上，很轻柔，很舒畅，吹得树叶在摇曳飘荡，鸟儿在树梢上轻快地歌唱，我第一次感觉到我和大自然如此亲近。

路上爸爸告诉我，这个村子里有个了不起的“大人物”。我好奇地问：“是谁？”爸爸却故弄玄虚道：“你自己去找答案吧。”

来到村里，我发现了一间外观朴实却充满书香味的“农家书屋”，没想到在这偏远的小村子里，竟然还有如此丰富的藏书！科技、农业、历史、文学等各类书籍琳琅满目，种类繁多，真是麻雀虽小，五脏俱全啊！我这个“小书迷”终于可以一饱眼福啦！我一头扎进了知识的海洋。

但我并没有忘记寻找爸爸说的“大人物”，我忽然发现在书架的最上端有一本厚厚的《通许县志》，里面是古代的咸平，也就是今天的通许的典故记载。我翻看了好长时间，不放过任何一个细节，终于发现了重要线索！这个村子名叫七步村，是三国才子曹植七步成诗的地方，也是他的墓葬所在地。“煮豆燃豆萁，豆在釜中泣。本是同根生，相煎何太急。”这样的千古绝唱，竟然七步作成，怪不得谢灵运说，天下才共一石，曹子建独得八斗。曹植真的是才高八斗啊！

我缠着爸爸带我去参观曹植墓，爸爸请来了一位老人，据说是曹植墓守陵人的后代，他为我们讲解曹植的故事。来到曹植陵园，我发现一座足有篮球场那么大的墓冢，旁边竖立着高大的墓碑，看上面的记载应该是明朝年间所立。老人说，他们祖祖辈辈都守护着这位大文豪的陵墓，期盼曹植的才华能福荫后代。

带着对曹植的浓厚兴趣，我又回到了农家书屋。在书屋里我深深地感受到了读书带来的快乐和充实，感觉离这位大才子又近了一步。

一天的时间过得飞快。傍晚，夕阳西下，天边燃起了火烧云，走在回家的路上，我跟爸爸说：“明天我还要来看书！”

姓　　名：陈秋羽

学　　校：河南省开封市金明实验小学

农家书屋所在地：河南省开封市班村

指导教师：刘歌歌

书籍——我的益友良师

高尔基说："书籍是人类进步的阶梯。"但对于我来说，书更像是我的益友良师。当我孤单的时候，书就像一位好朋友，给我带来开心与快乐；当我迷茫的时候，书就像一位循循善诱的长者，给我指点迷津，令我豁然开朗。

小时候我不爱下楼玩，但一点都不觉得孤单，因为有书籍陪伴着我。我和书的不解之缘从幼儿园小班就开始了。那时候我喜欢缠着妈妈给我读绘本，慢慢地就喜欢上了文字。到幼儿园大班的时候，路边门头上的字我几乎都能一一念出来，亲戚朋友们都夸我是小神童，这些夸奖带给我的快乐可不是玩具和零食所能比的。到了小学，我对书籍的热爱也更加浓烈，但由于毫无时间观念地看书，导致我在二年级就戴上了眼镜。妈妈意识到问题的严重性，对我开始实施了"禁书令"。但书是我的好朋友，怎是说禁就禁的呢？我就和妈妈打起了游击战。午托班和家里的被褥下藏的都是书，一到周末我都会打着和姨姨出去玩的旗号，去购书中心看书。

随着年龄的增长，我看书的范围也越来越广。前年过生日，姨姨送我一套《大中华寻宝记》，足足有 28 本，讲述的是我国各个城市的主要特色及著名典故。去年姨姨送我的是一套关于历史的书《如果历史是一群喵》，用简单易懂的文字结合著名故事描述了中华上下五千年的历史。从这两套书中我受益颇多，平常大人们说话，我也能加入他们侃侃而谈，并且能引经据典。看着他们惊讶的眼神，听着他们赞美的话语，我心里有说不出的快乐和满足。而这些快乐和满足都是我的“益友”带给我的。

书籍不但能让我扩大知识面，还经常提醒我要做一个正直、善良、有孝心的人。今年年初我爷爷被确诊肝癌，爸爸一直在医院里陪护，妈妈除了上班还要照顾我和弟弟。看到爸妈这么辛苦，想起最疼爱我但病重的爷爷，我心如刀绞，我想如果我是一名医生该多好呀，这样就能帮助爷爷免除痛苦……最终爷爷还是离开了我们。我伤心了好多天，直到我在书上看到“穷则独善其身，达则兼济天下”，还有“少而好学，如日出之阳”，我才顿时醒悟：我要从现在开始努力学习，长大成为一名救死扶伤的医生，去帮助更多的人。感谢“良师”给我指引了方向。

有了目标就要为之努力，为之奋斗。我要努力学习，一步一步向自己的目标靠近。我相信，有了益友良师的陪伴，我一定能够到达胜利的彼岸。

姓　　名：李梓恺

学　　校：河南省郑州市中原区伏牛路小学

农家书屋所在地：河南省郑州市中原区绿东村街道办事处

指导教师：张莉

书中自有少年梦

古人云："书中自有黄金屋，书中自有颜如玉。"我却要道："书中自有少年梦，书中自有强国路！"

小时候，寒暑假我多是在乡下的姥姥家度过。姥姥爱书，家里的一楼便专门建起了"花书苑"。当别的小伙伴在外面嬉戏玩耍时，我已沉浸在姥姥的读书声中，沉浸在那些承接千载的文字中。

在所有关于花书苑的记忆里，有那么一个下午一直徘徊在脑海，迟迟不肯散去。那天，伴着窗外洒落的阳光，我从书架上抽出一本封面图画甚是缤纷的书册——《朝花夕拾》。本是想从中猎些奇趣，可打开后才觉得那文字实在是难嚼极了。于是，被暖暖的阳光照着，我伏在书页上安然进入了梦乡。

梦中，我见到了一位方脸浓眉、平头密须的先生，与刚刚书册封面上的人物眉眼间颇有几分相似。先生身着长衫，躬身靠近我发问："中午没有认真读我的书，对吗？"我心虚扭头，不发一言看向远处天空。此时，幽幽的声音继续传来："曾几何时，我亦不爱读书。但当我留学日本，亲睹同胞被误当成奸细枪毙，却还被同国看客漠视旁观，被日本同学笑嘲'这就是中国人！'之后，我便深知，唯一能浇灌国人贫瘠之心、化改其迂腐思想的路径，便是读书。书，能医人治病，能为国扬威。"先生说话时，灼灼的目光穿射而来，瞬间我似被烫到了一般，身体不禁打了个激灵。窗外，阳光直射，烧灼火燎。我揉了揉惺忪的眼，抬袖擦干被口水沾湿的扉页，“鲁迅”二字映入眼帘。

一旁，姥姥蒲扇下的风，把我的思绪吹到了渺远的天际。

再后来，我见过许多人，他们确如鲁迅一样，执笔为枪，以口为剑，在各处为中国发声，维护着中国的国际形象。我深深佩服于他们机智不凡的谈吐，深深感动于他们为国为家的赤诚，并在心中默默许下一个属于自己的承诺：为中华之崛起而读书，为中华之复兴而积淀。

我是平凡读书郎，我是普通中国人。我爱书，亦爱我的家国。我将于书中寻求少年之梦，亦将于书中求访强国之道。我与中国始终同在，我以我力建中国！

姓　　名：王思媛

学　　校：河南省郑州市高新技术开发区外国语小学

农家书屋所在地：河南省郑州市高新技术开发区枫杨办事处

指导教师：康绮

“隐身”的书屋

你有书屋吗？你喜欢读书吗？你一天中会抽出时间来读书吗？

而我嘛，只要有书，处处都可以成为我的书屋，这是“隐身”的书屋。坐在椅子上，拿起我最爱的《野性的呼唤》《海底两万里》《格林童话》，在台灯光亮的照耀下，静静地，静静地，看着我的“朋友”。思考着，批注着，我似乎忘记了时间，忘记了所有东西，眼神专注地看着我的朋友，而我的这位朋友既会听我诉说我的痛处，又会在我失落的时候给我帮助。他也让我看到了别人的梦想：可以变成一位捕鱼的渔夫，也可以变成一位经验丰富的航海者，又可以变为一只狼，唤出野性……

记得我昨天还跟小伙伴们玩得天昏地暗，今天却舍弃了玩耍的时间，如饥似渴地捧着一本又一本书，了解伟大航海家带着他的鹦鹉去寻找大王乌贼，了解那些不为人知的海洋生物，了解巴克从温顺的狗返祖成了凶猛的狼，了解中华上下五千年的历史，了解秦始皇一统天下，了解《水浒传》中的梁山好汉，了解《红楼梦》中的儿女情长，了解《西游记》中的降妖伏魔，了解《三国演义》中的神武名将，而你们何不也抽出一点时间，来了解人生的哲理！就像宗白华的《杨柳与水莲》中所说：“你何不从那绿叶的帘里，来到碧夜的幕中！”

你可能会说我有书屋，但你却没有。但我只想说，你只要有心，有你这个人，还有你所爱的书在，不管是下雨，还是风吹，任何地方都能成为你的书屋！

众所周知的《凿壁偷光》故事里，主人公匡衡勤奋好学，每天夜晚没有光，读不了书，就凿了墙壁，借着隔壁的烛光来读书，与之相比我们简直是身在福中不知福啊！匡衡那么贫穷，依然勤奋好学，而我们有什么理由不好好读书呢！

如果我们的书屋披上了隐身斗篷，也不要自卑沮丧，因为书屋只是提供了一个安静的读书场所，而真正能带给我们知识的，只有我们自己！我就是这样过来的，从没有书屋的沮丧，到后来因为收获了知识而喜悦，再到获得了一双能看破隐身的眼睛，看到我的“书屋”。

姓　　名：孔维源

学　　校：河南省郑州市二七区马寨镇刘胡垌小学

农家书屋所在地：河南省郑州市二七区马寨镇锦和花园

指导教师：秦青桂

未来梦圆在书屋

一本好书，犹如香醇的美酒，沁人心脾；一本好书，亦如黑暗中的灯火，照亮逐梦人的路。

我的家住在被称为最佳旅游小镇的栾川县庙子镇，我的童年就是在这里度过的。为了丰富我们的业余文化生活，在政府的带领下，村子的小广场上建造了一座农家书屋。两层不大的房子，排列有序的书柜，成了我读书梦的孕育地。

农家书屋每日都开放，自从建成以后，周末我便整日泡在那里。小屋里有差不多二十余套桌椅，整齐的书架上摆满了各类书籍。书屋的窗台上摆着一盆素雅的白兰，每次看书，除了墨香，还总有一股兰花的扑鼻幽香，令人陶醉。有时看书入了迷，不觉窗外暮霭已至，当皎洁的月光洒在脸上，我才如梦初醒，放下书，恋恋不舍地离去。

书，给我带来无限趣味，让我的生活变得有诗情画意。我在梦中，曾与李白推杯换盏，领略“举杯邀明月，对影成三人”的孤独清冷；也曾随军出征，感受王昌龄“黄沙百战穿金甲，不破楼兰终不还”的豪情；还与王维一起享受过“空山新雨后，天气晚来秋”的惬意。书籍扩大了我的知识面，为宛如一张白纸的我增添色彩。每次的作文课，老师展示的优秀范文里总能找到我的名字，那种成就感别提了！

我们的“乡村图书馆”，让我了解到外面世界的绚丽多彩，让我对知识充满无限的渴望，对未来充满无限的向往。书，是改造灵魂的工具，是我的指路明灯，坚定了我读书写作的梦。我相信，村里的书屋一定会推动越来越多的人爱上读书，点亮大家对知识的渴望和对美好人生的向往，书一定会带我们走进五彩缤纷的世界。

姓　　名：宋美洁
学　　校：河南省洛阳市栾川县庙子镇中心小学
农家书屋所在地：河南省洛阳市栾川县庙子镇庙子村文化广场
指导教师：琚晓静

我的小书屋

妈妈经常告诉我，她小时候根本没有属于自己的课外读物，更别提书屋了，这并不能阻挡她对阅读的深深热爱，她总是想尽办法抓住一切机会去阅读。妈妈童年大部分的时光，都沉浸在知识的海洋里。听妈妈讲，她小时候最喜欢看的就是《成语词典》，常被词典里面的一个个精彩的小故事所吸引，久久不能忘怀。这也激起了我的好奇心。

我最早接触到海量的书籍，是在家乡的盘古村委书屋，书屋虽然是公办的，但我还是喜欢称它为“我的小书屋”。书屋里面存放了好多好多有趣的书籍，书籍里有趣的知识、奇妙的故事和精美的插图，让人流连忘返。

伟大的高尔基先生曾说过：“书籍是人类进步的阶梯。”而在我的小书屋里，书籍也像苍茫的大海，我就像箭一般的海燕，迎着风浪尽情飞翔；书籍就像晶莹的甘露，时刻滋润着我这棵幼苗儿的心田。

我和格林兄弟一起畅游在童话世界中，《格林童话》让我懂得光明一定会战胜黑暗，善良可以战胜一切邪恶；我跟随《西游记》中的师徒四人历经磨难和挫折，终于取得真经，我看到了慈悲为怀、信念笃定的唐僧，降妖除魔、斗智斗勇的孙悟空；《两个小八路》让我走进硝烟弥漫的抗日战争时期，和孙大兴、武建华这两个小八路一起为胜利而奋斗，最终成长为英勇的革命战士；《鲁滨孙漂流记》让我深深震撼，感受到鲁滨孙在重重困难面前的乐观、自力更生、永不言弃的精神。敬爱的周总理在少年时期就曾说过："为中华之崛起而读书！"由此可见，读书是多么重要啊，大到能关乎国家和民族的崛起和振兴！

我的小书屋就是我精神的充电房，也是我多彩梦想开始的地方，她是我的好朋友，也是我的好老师。她教我明理，让我明智，助我成才。只要一有时间，我就会去找小书屋，和她交流，向她倾诉，让她为我指点迷津。我相信，在小书屋的陪伴下，我一定能够更健康更快乐地成长，长大后成为一个对人民和社会有用的人，做一名合格的共产主义接班人，奋斗在新时代的红旗下，为实现中国梦贡献自己的力量！

姓　　名：张林一

学　　校：河南省驻马店市泌阳县第七小学

农家书屋所在地：河南省驻马店市泌阳县盘古乡盘古村委

指导教师：陈杰

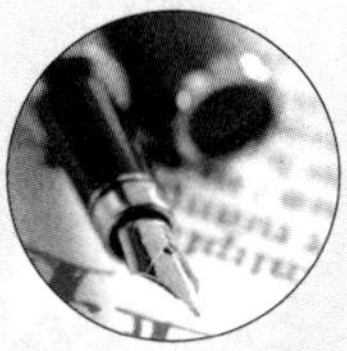

征文作品

中学组

书香编织梦想

夜晚的星星点缀着漫漫夜空，氤氲的书香编织着少年梦想。

当我还是孩提时，最喜欢的便是在爷爷老家的小院子里搬上一把小椅子，窝在椅子里津津有味地读着一本又一本童话书。在那个春风和煦、杨柳依依的小院子里，没有孩子们玩耍时的喧闹，也没有大人们聊的一些我怎么也听不懂的话语，只有院外那一望无际的翠绿的麦田和蜿蜒曲折的小溪流温柔地陪伴着我。从午后到傍晚，从落日抹下的一缕夕阳到圆月洒下的一片月光。这时，我会揉揉眼睛，伸个懒腰，恋恋不舍地放下书本，但我的大脑仍会回味着刚才精彩绝伦的故事。这便是我的第一个书屋。

我希望成为《汤姆·索亚历险记》里的汤姆·索亚，来一次激动人心的旅行；我希望成为《鲁滨孙漂流记》里的鲁滨孙，体验荒岛求生的惊悚与酷炫；我希望成为《哈利·波特》里的哈利·波特，享受进入魔法世界的奇幻冒险……每个夜晚我都会幻想，想着想着就进入了梦乡。也许在现实生活中无法实现，但进入了书的海洋，一切就皆有可能。

上小学时，爸爸妈妈带着我住进了新的大房子，爷爷的小院子就不常去了，但我仍常常怀念小时候在那里度过的每分每秒，读过的一本又一本令我痴迷的书。这一切，爸爸妈妈都看在眼里，于是我的第一个书柜来了。它刷着好看的棕褐色，像极了爷爷院子里的那棵高高大大柳树的树皮颜色，总让我情不自禁地回忆起那段美好时光，总想捧起一本书不分昼夜地读下去。午后的阳光总是有些刺眼，即使拉上窗帘，光线也能机灵地从缝隙中钻进我的房间，这时我的书柜也映上了些许亮眼的金黄色，我会拿起一本书靠在床头，津津有味地读起来。

再长大些时，我上了初中，升学的压力丝毫没有减少我对书的热爱，我反倒越来越黏着它了。家里大大小小的书已经被我翻烂，有些内容我都已倒背如流，这显然已经满足不了我的阅读需求了。于是我把目光放到了书店里。新华书店虽然离我家不近，但我常常乘着公交去那里尽情享受读书的乐趣。现在的我不仅仅局限于读故事书或童话书，涉猎的范围也越来越广：我喜欢充满神秘的科幻小说《三体》，它使我对这个世界充满遐想；我喜欢蕴含着人情世故的丁立梅的散文，它使我学会更多有益的道理；我喜欢拥有浪漫感情的李白的诗歌，它使我受到精神的洗礼……

这两年来，我的城市又新添了一座图书馆，它简约大气又宽敞，最重要的是那一排排书架上摆放着一本本引人入胜的书。走进这里就会发现大人们难得放下了与他们形影不离的手机，坐在凳子上翻阅着一本本图书；孩子们丢弃了他们爱不释手的玩具，在大人身边安静地阅读。所有人围绕在浓郁的书香之中，一切是那么祥和。

书籍是人类的精神食粮，书屋便成了我梦想的摇篮。书屋勾勒了梦想的轮廓，梦想丰富了书屋的内容，书屋成了我梦想开始的地方。“书山有路勤为径，学海无涯苦作舟。”书屋给予我面对困难的勇气，教会我解答难题的方法，促使我领会到了更广阔的天地，更精彩的世界。我将会在知识的浇灌下成长为参天大树，不负青春韶华，不负时代期许，用智慧和双手让理想的梦得以发展，得到实现！

姓　　名：张鑫琪

学　　校：河南省郑州市新密市金凤路初级中学

农家书屋所在地：河南省郑州市新密市

指导教师：李丹丹

徜徉书海，梦想起航

书屋中浩瀚的书海承载少年的梦想，伴随努力，扬帆起航。

——题记

这是一个镇上的书屋，是我儿时最常去的读书天地，是许多农村少年梦想起航的地方，更是托举我成长、使我汲取力量并永不褪色的精神家园。

记忆里镇上的书屋并不精致，甚至有几分简陋，可走进其中却书香扑鼻，暗藏乾坤；翻开书页，就好似一幅幅精彩绝伦的画卷在我眼前展开，引领我开阔眼界，游览古今中外。

书屋提供精神食粮，伴我茁壮成长。

五岁时，妈妈领着我来到这里，小小的书屋里排满了各种类别整洁的书籍，真的应了那句老话："麻雀虽小，五脏俱全。"自此，我爱上了这里的小书屋，它也是我读书动力驰而不息的来源。当我读到神笔马良不畏权势，用神笔为许多帮助过他的穷人改善生活时，我领会了知恩图报、助人为乐的高尚品格；当我读到沈石溪笔下的母狼紫岚为培养狼王用心良苦而数次落泪时，我明白了不分种族，为子女计深远的母爱；当我读到小王子最终失去了他的玫瑰时，我明白了重要的东西是眼睛看不到的，要学会珍惜，爱是一种责任。

诗人杜甫曾落笔："读书破万卷，下笔如有神。"如今生活经历也使我明白了这句话的真实含义，徜徉在书籍的海洋中，灵魂充实，思想丰富，才能在交谈以及写作的时候如有神助，大放异彩。

书屋提供知识风浪，随我扬帆起航。

伴随年岁渐长，眼界开阔，青衿之志从模糊逐渐具象化。令我印象深刻的是梁启超先生在《少年中国说》中提到："制出将来之少年中国者，则中国少年之责任也……故今日之责任，不在他人，而全在我少年。"我身为少年，心中从此生出一种使命感，思考着如何努力学习才能丰富自我的精神内核，不愧对这份称谓背后的责任。

怀揣着这份远大报国志向，我又读到了林则徐曾吟："苟利国家生死以，岂因祸福避趋之。"他将生死置之度外，为国家大义献身的精神体现得淋漓尽致。这是习总书记所赞叹的报国情怀，更是深入我内心振聋发聩的铮铮誓言。

书屋提供不竭能量，助我劈风斩浪。

在书屋我汲取了很多历史知识，也去搜集了一些影音画面，那些中国曾被列强欺辱的画面反复在我脑海中呈现，烙印在我心里，无法抹去。中英鸦片战争失败后，中国人民陷入了苦难的泥沼，尤其是令人发指的南京大屠杀，我每每看到便泪流满面。

读到鲁迅先生弃医从文的故事，读他写下的许多发人深省的文章，我决心也要像鲁迅先生那样，对于敌人永远不屈服，对人民甘愿奉献自己。如今的和平年代，是无数革命先辈用鲜血换来的，我们坐在整洁的教室和书屋里，一定要奋发图强，努力拼搏，从内心感谢书屋的启蒙，助力我劈风斩浪。

现在小书屋已经不再如同我记忆中的模样，一年未见变得宽敞明亮，书籍的种类更加繁多，装帧更加精美。社会上各种先进设施都展现着科技的迅速发展和经济的繁荣昌盛，我为我的祖国感到自豪！

少年的梦想不仅关乎自身，更应与国家的发展紧密相连，与祖国共同进步。想到这，我迈着轻快的步伐走进小书屋——我梦想起航的地方。

姓　　名：张春雨

学　　校：河南省开封市杞县第一实验学校

农家书屋所在地：河南省开封市杞县葛岗镇

指导教师：董昕

红色的梦从书屋飞出

如果说梦是可以远征的风筝，那么书屋便是吹起它的那股风。

——题记

斑驳的砖墙，有着岁月的痕迹；推开古老的木门，踏进书香四溢的世界。

走进了村里的农家书屋，便像是走进了童话王国。白雪公主冒冒失失地跑进了森林中，与森林里的动物成了好友；一只狐狸口中说着这葡萄是酸的，眼中的渴望却像是要溢出来似的；灰姑娘赶在午夜钟声敲响前从宫殿中跑出；一只青蛙蹲在井底，便以为那是全世界……书里的内容妙趣横生，在那个世界，动物是会说话的，仙女是有魔法的。在我们不知道的远方，有许多连想都不敢想的事。我总是幻想着会有一天，一只猫头鹰来到我的窗前，带领我去那一个奇幻的世界。在不经意间，我的心里便种下了一个名为“梦想”的种子。

进入书屋，就像踏入了历史长河，五千年历史从我面前奔腾而过。在汨罗江旁，感受“长太息以掩啼兮，哀民生之多艰”的爱国情怀；随西楚霸王走到乌江，一起看刀光剑影、金戈相向，听“四面楚歌”；与秦始皇一起，领略万里长城的风光，感受一统天下的威武；看“回眸一笑百媚生，六宫粉黛无颜色”的盛世美颜；体会“天生我材必有用”的豪情壮志……五千年，沧海桑田，朝代更替，在这五千年的漫长岁月中，书写了悠久的历史，创造了璀璨的文明。五千多年的中华文明延续下来了，这说明了什么？说明我们中华儿女内心之坚定，意识之深刻，内部之团结。

在书屋中我看尽沧海桑田、古道西风、长河落日、悲欢离合……历史的风云变幻就在指尖静静流散，弹指一挥就是一群少年的不屈灵魂。我仿佛看见了在被侵略的土地上紧紧抓着手中课本的少年，在抗日打仗时奋不顾身的少年郎，在远征时的坚强不屈的红军团，他们在这炮火纷飞中奔向光明的中国！他们的红色精神染红了历史的征程，他们的红色事迹影响了一代又一代中华儿女。你们多少个日夜渴望的梦实现了，在田地的高粱上，在我们崭新的书本里，你们的后代已经有了安心的学堂，有了不再晃动的桌椅，那小小的书屋染红了我们的心，也映红了多少中国人民的梦。

在书屋中，我看到了满满的梦，像初升的太阳将书屋照得亮亮堂堂。温暖的光芒从书屋中溢出，借着溢出的光芒，我看到了我家乡数年来的变化：曾经矮矮的房屋被昂首挺立的高楼大厦替代，曾经崎岖不平的路面变得平坦整洁，各大商场如雨后春笋般出现……我为家乡的发展惊叹。家乡的发展映照着祖国的飞速发展，先烈们看到如今的中国，应该会欣慰吧。

通往梦想的路是由书本铺出来的。如今我虽然有一个自己的书屋，但在世界的角落里，至今还有读不起书的人。许许多多的农村孩子，他们与我们一样渴望读书，拥有自己的梦想。所以，我盼望今后农家书屋能像雨后春笋一样遍布各地，让每一个人都能用书本铺出一条通往自己梦想的路。希望每个人都能不负梦想，不负未来，亦不负自己。

七十三年的砥砺风雨，七十三年的沧海桑田，我们的国家经过不断奋斗和努力，不断壮大，从站起来到富起来，再到强起来。

我们这一代生在国旗下，沐浴在春风里，人民有信仰，国家有力量，目光所至，皆为华夏，五星闪耀，皆为信仰，我倍感庆幸。作为当代中学生，我们亦是中国的希望，祖国的未来。少年强则国强，少年智则国智，我们要担起历史重任，不负众望。作家三毛曾说："一个人至少拥有一个梦想，有一个理由去坚强，心若没有栖息的地方，到哪里都是流浪。”让我们每个人捧起一本书，进行一场灵魂的交流，踏踏实实地向自己梦想的坐标前进。唯有以初心为引，以血和泪浇灌，方能使梦想盛开最绚烂的花朵。少年有梦，不应止于心动，更要付诸行动。我们要响应时代的号召，为了美好的明天，为了光荣的未来，为了祖国的繁荣富强，努力学习，多阅读，用书点亮智慧，用书犒赏人生，用书滋润心灵。我的书屋，我的梦，我的中国梦！

姓　　名：李钰涵

学　　校：河南省郑州市新郑市龙湖镇第三初级中学

农家书屋所在地：河南省郑州市新郑市沙窝李新型社区

指导教师：李静

我的书屋我的梦

在黄河最后一道弯，坐落着一个历史悠久的小镇——铜瓦厢古镇。小镇的杨庄村部旁边有一片小树林，树林里有几间古色古香的小木屋，这是我们村的农家小书屋——梦航书屋。

书屋外面的木板上画着几棵高大的树，走进木屋，里面的木板上也画着画，屋顶上装着蜂窝形状的灯，与书屋的画相互映衬着，营造出一种温馨、安适的氛围。几间小屋是相连在一起的，第一间、第二间陈列着几个书架，上面摆满了各种的书籍。旁边有一小片空地，摆着两张小圆桌，四张小卡通椅子。第三间房子是专门用来读书的，错落有致地摆放着六张深红色大桌子，每张桌子至少可以同时供六个大人使用；桌子下面是同样深红色的方凳，这方凳真有点大，要是拿到我家，可以当一个小桌子了；每张桌子上方都悬挂着一盏很别致的灯，晚上在这儿看书的时候，那灯光并不刺眼，又恰好可以看清楚书上的字。整间屋子散发着我特别喜欢的那种木香。

我听老师说，这书屋是为了让村民们看书方便而建的。这里的书，有政府出钱买的，也有好心人捐赠的。

每天放学后，或者周末，我最喜欢的事就是和好朋友一起来到梦航书屋看书。我特别喜欢那张靠着窗的桌子，因为窗外的美景似乎就在身边，那花香，那鸟鸣，近得就像让我置身于它们中间。你能想象你读着自己喜欢的书，置身于四季美景的转换，听鸟语蝉鸣，看春华秋实，这是一种怎样的享受吗？

有一次，我被一本书的封面给吸引了，那上面印着几个鲜红的大字：谁是最可爱的人。我忍不住翻开书，立马被书里的故事吸引住了。我记住了那场战斗的名字——松骨峰战斗；我还记住了那些英雄的名字：王金传、邢玉堂、井玉琢、王文英、熊官全、王金侯、赵锡杰、隋金山、李玉安等。那是一场怎样的战斗啊，敌人的32架飞机、10多辆坦克发起集团冲锋，那得多少炮弹啊，真的难以想象我们的志愿军叔叔是怎么坚持下来的，但他们坚持到了最后，拼杀到了胜利。

我禁不住热泪盈眶，他们为了国泰民安，为了人民能过上美好的生活，生命被永远定格在了那个硝烟弥漫的异国他乡……

我放下书，看向窗外，开始思考自己。

我是新时代的少年，革命先烈把我们该打的仗都打完了，保护了我们祖国的和平，留给了我们幸福的生活。那么，我们应该做的是什么？我们应该做的是使祖国更加强大。从这一刻起，我就立下一个梦想，做一名导弹研究者，研究出威力更加强大的导弹，保护我们的祖国不再被别的国家欺负。

我知道，这个梦想离我还很遥远，但是，我相信，只要我朝着这个目标不断地努力，不断地学习，在学习的过程中不怕任何困难，像苏秦那样锥刺股，像童第周那样珍惜时间，像钱学森那样心系祖国，就一定能够实现保家卫国的梦想。

窗外的天色已渐渐暗下来，但我的心已经明亮起来。就在这一个小小的书屋，我拥有了一个美好的梦想，我知道了自己的方向，我的内心充满了力量。

姓　　名：雷知文

学　　校：河南省开封市兰考县东坝头镇第一初级中学

农家书屋所在地：河南省开封市兰考县东坝头镇杨庄村

指导教师：王波营

书屋含梦

我有一间小小的书屋，书屋里散发着浓郁的书香，书架上有一排排已经有点儿发黄的图书。在这间小小的书屋里我可以和小说人物畅谈人生，可以于科幻世界里畅游翱翔，可以在诗词曲画中激扬文字，可以同古之贤灵对话，更可以沐浴在中华民族伟大复兴的文化之光中。

在小学三年级的时候，我的母亲为了丰富我的文化知识，给我购置了书架和一些名著。从此以后，这些名著便融入了我的生活中，那些文字好像附有魔力似的，吸引着我不断探索。

我的书屋中有净化心灵的精神食粮。那是《论语》中颜回的安贫乐道："贤哉，回也！一箪食，一瓢饮，在陋巷，人不堪其忧，回也不改其乐。贤哉，回也！"那是孔子的贫困而守义："饭疏食，饮水，曲肱而枕之，乐亦在其中矣。不义而富且贵，于我如浮云。"那是刘禹锡的志行高洁："可以调素琴，阅金经。无丝竹之乱耳，无案牍之劳形。"凡此种种，都在塑造我的品格，净化我的身心。

书屋承载着我的梦想，它使我看到了中华五千年文明的奥秘。从我第一次在书屋中阅读《悯农》这首诗时，我的心中便激起万千波涛，即便当时的我懵懂无知，看到里面的文字也产生了一股莫名的酸楚之感。大概这就是文字的魔力吧！

我的书屋中有千百年光阴所构建的诗词家园，里面收藏着一代代中国人的喜怒哀乐：有李清照“舴艋舟”都载不动的离乱之愁，有杜甫的“白日放歌须纵酒”的还乡之喜，有刘叉“磨损胸中万古刀”的不平之怒，有白居易“几处早莺争暖树”的游春之乐。当我在书中用指尖划过这些文字时，仿佛与他们产生了共鸣。

我在书屋中思索体味着《中国诗词大会》中讲述的世间百态——从大漠孤烟塞北，到杏花春雨江南；从山水田园牧歌，到金戈铁马阳光。我想象着被命运妨碍时诗人的豪迈思想——会看到“不思量，自难忘”，会看到“老夫聊发少年狂”，会看到“也无风雨也无晴”，会看到“人生几度秋凉”。这些诗词营造我如梦如幻的梦境，淬炼着我坚强独立的品质。

读书可以使我在历史长河中遨游：且看往昔，君可见苏轼，人生几度起伏，笑曰一蓑烟雨任平生，归去时也无风雨也无晴；君可见屈原，世人皆醉我独醒，一曲《离骚》，世人皆知屈君风骨；君可见梅兰芳，戏台之上，举手投足美不胜收，戏台之下，为京剧表演倾注毕生心血；君可见鲁迅，以笔为刃，寄意寒星荃不察，我以我血荐轩辕。

我曾于许多个清新的春日，在书屋中领略夜樱之美，用双目来读这难得一见的娇媚；我曾于许多个闷热的夏日，在书屋中聆听鸟虫之音，用双耳来享受这绵绵不绝的仙乐；我曾于许多个清净的秋日，在书屋中欣赏满月之光，用身心来感应这朦胧梦幻的秋月；我曾于许多个温情的冬日，在书屋里伴着薄雪消融，一头扎进金庸构建的武侠小说中，用想象和书中的大侠一起浪迹天涯。

我在书屋里享受着思想与文字交融的乐趣，锲而不舍地积累知识，始终坚信“日拱一卒，功不唐捐”的信念。我的书屋我的梦，让我们以梦为马，不负韶华，立鸿鹄志，做奋斗者，不畏艰苦，未来可期。

书屋含梦，梦瞰未来！

姓　　名：宋佳奕

学　　校：河南省郑州市新郑市实验中学

农家书屋所在地：河南省郑州市新郑市新华路街道办事处

指导教师：方芒芒

我的书屋我的梦

记得小时候的一个暑假里，我去给地头忙于农活的父亲送午饭。顶着烈日骄阳，踏着滚烫泥土，我弱小的身躯在田间小路上穿过一股接一股的热浪，飞快向父亲奔去。

父亲见我来了，放下锄头，拉着我至树荫下坐下来，边吃边问我作业完成得如何。我顿时心中一紧，吞吞吐吐半天说不出话来，父亲瞥了我一眼，说道：“又是作文写不出来吧？”我的脸涨得通红。父亲又说：“叫你平时多读些书，你不听，下河里游泳、摸鱼，你总是搞得起劲儿！”父亲有些生气。

“看！”父亲把饭盒放下，指着那一大片田野说道：“你来的时候，头顶一片灿烂阳光，脚踩一片温润土地，身后滔滔碧浪，眼前处处花香，耳边声声莺啼，更有细草抚脚，轻云伴行。儿子，你来的这一路，就是一篇绝好文章啊！”

望着自己的父亲，我惊得目瞪口呆。这是我的父亲吗？一位肩膀晒得通红，双腿沾满泥土，整天跟粪水杂草打交道的父亲，竟把我眼中不值一提的景色描绘得如此富有诗情画意！就在我惊诧之际，父亲将饭盒递给我说：“我吃完了，你回吧，回去把最里面的那间屋子收拾出来。”

回到家，我来到父亲所说的那间屋子前，看到双门紧闭，蛛网遍布，一把锈迹斑斑的铁锁，静静挂在门环之上。母亲为我找来钥匙和食用油，费了好半天劲才打开，只见里面布置简单，靠窗摆了一张木桌，落满灰尘，旁边放了几箱旧书，书页微潮，但保存还算完好。

母亲告诉我当年父亲是村子里品学兼优的少年，尤其是写得一手好文章，他最大的梦想就是成为一名文学家。高考时发挥失利落榜，自此，父亲便将这间书屋锁了起来，走出书房，走进田地，扛起家庭的重担。

我和母亲一边收拾着书屋，一边聊着年少时的父亲，我仿佛看见年轻的父亲正手握书卷，在屋中来回踱步，高声诵读，时而掩卷沉思，时而伏案疾书。在一个古铜色的小匣子里，我翻出一封泛黄的书信，原来是爷爷写给父亲的。从信中我了解到我的太爷爷原来是村子里的私塾老师，他也有一个文学梦，这间屋子就是太爷爷当年的书房，还为其取名为“崇文斋”。我如梦初醒，怪不得父亲能出口成章，原来是在这个书屋中熏陶浸染出来的。一股敬意油然而生！

此后，我便移居到这间书屋，翻遍所有父亲翻过的书，我似乎感受到，我手上捧着的，是祖辈的那份荣光，亦是父亲的那份炽热的梦想。这份荣光，将由我来接手；这份梦想，将由我来实现！

后来父亲为了家里能过上更好的日子，外出打工去了，临走时告诉我一定要好好读书。父亲在外拼命干活，我在家里拼命读书，在这间书屋里，我慢慢发现，横平竖直的方块字里，有我们为人处世的真谛；唐诗宋词的韵律里，有我们追求人生的意境；敦煌壁画的线条里，有我们的恢宏想象、细腻情丝；四大名著的情节里，有我们的儿女情长，智勇忠义……

一间小屋，几代人的梦想在此交汇，这是机缘巧合还是命中注定？我无言以对，唯有奋发苦读，续梦前行！

姓　　名：曾一淼

学　　校：河南省信阳市新县郭家河乡九年一贯制学校

农家书屋所在地：河南省信阳市新县郭家河乡湾店良冲

指导教师：程新安

我的书屋，我的梦

在农村过了半辈子的乡下人忽然来到城市，不懂手机的用法，种了许多年的地，听专家叽里咕噜吩咐一通，除了插秧收麦，也再没几个明白的词。农村的孩子到了城市上学，明明是同样的年纪，却总比城里的孩子慢一步。许多乡下人就认定自己骨子里就是“愚”的。可真是这样吗？

从前有不少从事乡村振兴的工作者，认为“愚”和“病”“贫”是中国乡村落后的原因，经过多年奋斗，建医保、搞脱贫，终于有了成果，在中国土地上把绝对贫困给消灭了，这是项值得称颂的壮举。

我生在邓州，河南的一个小县城，很小就随父母来了郑州，对故乡的印象，仅剩下红门内一座砖垒的房子，院子里漫过膝盖的杂草和一棵不结果子的柿子树。除此之外脑海中不再有一张清晰的图像。

直到去年春节，我难得回了趟老家。那个村子叫凋河店（音），究竟是哪三个字我也说不清楚，只是总听爷爷奶奶念叨。回去的时候已是年三十，勉勉强强赶上一顿年夜饭。开车进到村里时，却着实被惊住了。旧日的砖土房子都被拆掉重建，如今这一带矗立着的，已是一栋栋白色小楼了。后来的几天，趁着串亲戚，我把这不大的村庄彻彻底底看了一遍，一幢红砖砌的别致建筑吸引了我的注意。

走上前去，门前金属牌上赫然四个大字：农家书屋。我于是更加好奇，推门进入。一个不小的房间，摆着三四排书架，左侧两排桌椅，几乎坐满了人。设施算不上豪华，比城里的图书馆甚至有些简陋。没有人注意到我的到来，那些捧着书的村民们，都穿着簇新的棉衣，灯光映衬下，面颊上微微带着点红，沉浸在书中。外面下着雪，寒风正呼啸，可这里，俨然一派春光正好。我从架上抽出一本《人间词话》，走到一个窗边的角落，坐了下来。偶然地，我看到邻座一个小女孩手中正抱着一本关于宇宙的大部头科普书，她的颈间，还系着一条红领巾。我低下头，望向她的眼睛。那是怎样的一种光，纯净，如水一般，涌动着希望，闪烁着孩童特有的好奇的神采。她意识到我在盯着她，于是转过身来，对我说："姐姐，你也喜欢宇宙吗？"

"是呀，宇宙那么美，谁会不喜欢呢？"

"姐姐，以后我要做宇航员，要亲眼去看看这书上的图片是不是真的。我可喜欢来这个书屋了。老师说，这是党和政府给我们建的，我们村里人都可感谢他们啦！姐姐知道我是谁吗？我是少先队员！少先队员就是共产主义的接班人哦，厉害吧……"

小女孩滔滔不绝地讲着，我微笑地听着。她的梦想是浩瀚宇宙，书屋告诉她这世间有宇宙，她的世界不再囿于乡村一隅。这书屋在我眼中的形象渐渐地不再只是座盛着书的房子了，它盛着梦，盛着希望，盛着世世代代追求的最美好的东西——知识。

是谁建了这书屋？中国共产党。许多年前，中国正处在迷茫之中，她站出来，为中华民族开辟了一条红色的道路。而今天，日新月异的现代社会中，她没有忘记乡村，她看到农村的人们究竟需要什么，于是她又站了出来，建了这一座座农家书屋。麦田里耕作的农民们不乏求知的渴望，不乏学习的热情，当知识出现在他们面前，他们的思想将变得更自由、更阔朗。

你问我农家书屋像什么？

就像风雨里走来的一位红色巨人，他拍了拍正弯腰劳作的农民的臂膀：

"抬头看看，你的梦可以在天上。"

姓　　名：张瑾锡

学　　校：河南省郑州市惠济一中

农家书屋所在地：河南省郑州市惠济区长兴路街道办事处

指导教师：乔印莉

我与读书三件事

我越过重重叠叠时间的障碍，翻着泛黄的书页，领略来自岁月深处的真诚。推开窗户，那是来自诗词中盎然的微风，吹过一缕的晚霞，吹落一阵念想，于是我点一盏时光酝酿的灯，打开时节的窗。

那是盛夏的傍晚，暮色从四面八方奔来，风尘仆仆，霞光照耀，像是一碗酒水泼到炭火上，少年们悠悠晃晃地走出校门，他们走得不紧不慢，步伐轻盈，一颦一笑间都透着青春的光影。

“阿锐，一起去小卖部呀。”我转身看到不远处向我招手的小温。

“不了，今天晚上有点事，要去一个好地方，只有我一个人的好地方。”

我走在街上，不由得加快了脚步。

傍晚如痴读书记

推开大门，是人，是书，是青春。不知为何，我格外喜欢看书。每次来到农家书屋，我总是靠窗而坐，这次也不例外。我拿起一本小说，坐在最角落的地方，窗外，几棵梧桐树的枝叶疯长，却总也挡不住那来自晚霞的殷切目光。

我捧着书一页一页地翻，像一匹饿狼贪婪地读着，粗略地扫几眼，便翻开下一页，灿烂温柔的余晖照进来，在白纸上留下一道道金光，黑色的字迹在金光中跃动，一个个跳入我的眼中。带着书香，带着知识，带着智慧，我乘着一叶小舟，在书籍的海洋中畅游，追求那种腹有诗书气自华的自信昂扬。我全心投到书中去，耳边渐渐失去了声音，眼中也没有了色彩，只剩下了我，还有我的书籍。

相遇好友心欢喜

晚霞总是毫不吝啬它的脚步，慢慢地、缓缓地走过与夜色交接的最后时刻，那抹红色也被黑沉沉的夜色吞没，星辰如水。

“关门了，关门了！”我渐渐苏醒，耳边恢复了声音，目光中也渐渐有了色彩。我依依不舍地放下书，犹犹豫豫地走出农家书屋，心中不禁感叹时间的无情。与我一同走出书屋的人为数不多。恍惚间，我看到了一个熟悉的身影，是小燕。

我不禁感到惊奇，张开手臂大喊：“小燕！小燕！”她顿了顿，惊喜地说：“你也在啊！”看到她手中抱的几本书，我问：“你也来看书吗？”她说：“是啊。”我由衷感到一种默契，这或许就是苏轼所说的“怀民亦未寝”吧。我与小燕一同交谈，在交流中，我得知她和我一样，每周也会来这里看书。“读书时应该静心，全心投入，把自己当成书中的一个旁观者。在他们的世界里，你就会知道每个人都会有怎样的生活。”这是她最后对我说的话。她喜欢读诗，临走前，将一本诗集送给了我。

品读诗书静心志

我抱着那本诗集，急匆匆地回到家中，迫不及待地打开。急性子的我并未从第一页看起，而是从中间随意地翻了一页，那是辛弃疾的《破阵子·为陈同甫赋壮词以寄之》。我不禁被吸引住了，可看了几遍后，却不知是何深意，便在心中想，果然诗集不如小说有趣易懂。

正准备把它扔到一边时，脑中忽然闪现小燕说的读书应该静心的话，我重新拿起那本书，重新阅读，借助注释，了解背景，翻译句子：“醉里挑灯看剑……”

一番操作下来，我不禁被辛弃疾那不忘初心、一心收复失地的爱国情怀所打动，感慨这位被时代所耽误的英雄。

星辉穿过夜空，透过窗户落进房间，也落在了我的心上。我与读书的故事，大概就是以热爱为开篇，以静心为过程，继以成长升华。

姓　　名：姚怡锐

学　　校：河南省漯河市郾城区李集镇初级中学

农家书屋所在地：河南省漯河市郾城区李集镇东孟村

指导教师：李芳

我的书我的梦

古人云："外韧之味，久则可厌；读书之味，愈久愈深。"高尔基也曾说："书籍是人类进步的阶梯。"书正是这般重要。周恩来总理为中华之崛起而读书，鲁迅为解救社会而弃医从文。今天的我们，为追求理想的实现而刻苦学习。书是故事的阐述者，书是精神食粮，书是灵魂伴侣，书是不二之选。

中华上下五千年，无人不为书折腰。为读书，孙敬头悬梁，苏秦锥刺股；为读书，匡衡凿壁借光。豆蔻年华，书与我日夜相伴，人在家中坐，心行千万里。书，时常客访梦中，留下的脚印实有深意，授我句读，传我道义。静水流年，魂牵梦绕，听书的倾诉，赏书的美好。书的幽静，书的冰冷，刺痛我的内心，偷走我的眼泪。不为文中跌宕起伏的情节，不为泫然泪下的言语，只为远方那树，白天欢愉，夜里低沉，一片芳心为了谁？那泛黄的一角，那破损的一面，很久很久都铭记于心。或是晴天，漫步林间，树木探开了枝芽，溪水潺潺作响，闻到阵阵松香，看到蝴蝶翻飞的景象，悲与喜，便从万物的深处泛出。书中的世间万物总是无时无刻不在变幻着色调，或冷或暖，只有你我能知晓。

每当寄情山水，我便想用纸笔描绘；每当有所感慨，我便想用那文字记录。虽文字潦草，文笔杂乱，但我总不会放弃。对生活的记录，或悲或喜，跃然于纸上，虽不那么生动，不那么活泼，却是我最真实的想法。我爱与书谈话，用洋洋洒洒几篇文字相互沟通，我懂他，他更懂我。

晚日低霞绮，晴山画远眉。我不想虚度年华，空留一身疲惫。梦想固然遥远，但脚步依然稳健。有书的陪伴，我想去诗和远方实现我的梦想。

书不是我的梦，是我梦中的脚印。我热衷于“家人闲坐，灯火可亲”的温馨，沉迷于“东风夜放花千树，更吹落星如雨”的美好，追求“倚南窗以寄傲，审容膝之易安”的心境，不求有造诣，只求填补生活的空缺。

有书的陪伴，我终会满怀希望，踏碎迷茫，所向披靡，在梦想的道路上张开翅膀，坚定翱翔。

姓　　名：刘雨彤

学　　校：河南省商丘市夏邑县中峰乡第二初级中学

农家书屋所在地：河南省商丘市夏邑县中峰乡刘官青楼村

指导教师：何乾坤

洒进窗户的光

我有一个书屋，在房间二层的阁楼上，里面搁了一张小沙发和许多书柜后，几乎连个下脚的空隙也寻不到了。墙壁上开了一扇窗，通向难得的空旷。

书屋是很狭窄拥挤的，进去的时候要弯着腰，还要小心踩到散乱的书。在这里关上门，坐在沙发上，捡起手边上次看的书，便进入了一个平行于现实世界的空间。

小的时候，书柜里的书是一些漫画和小人书，还有几本不属于我的“育儿宝典”也一并放在这里。长大些后，这些书都被拿走，取而代之的是许多经典名著：《平凡的世界》里描写少安少平艰苦奋斗、漂泊闯荡的经历；《骆驼祥子》里叙述祥子三起三落、曲折悲惨的人生和黑暗现实的社会；《悲惨世界》里介绍冉·阿让弃恶从善、呵护小珂赛特成长的故事。书柜里还有些不曾改变过位置的常客：《三国演义》里刀光剑影、尔虞我诈；《水浒传》里英雄好汉侠肝义胆、豪迈爽快；《西游记》里唐僧师徒降妖伏魔、潜心修行；《红楼梦》中爱恨情仇、家族兴衰。在这无数个空间重叠的小世界里，我的情感越发丰富，我也越发热爱生活了。

记得一次考试，我的发挥很不理想，心情很是郁闷。那天下午，我推开书屋的门，“嘎吱嘎吱”的响声中似乎充满了辛辣的讽刺。我坐在沙发上，捡起一本书——《红岩》。一束光从窗户洒落下来，似乎把这句话框了出来：“毒刑拷打是太小的考验，竹签子是竹做的，共产党员的意志是钢铁铸成的！”我放下书，仰起头循着光望去，窗前的盆栽郁郁葱葱，窗外的护栏闪着光，两栋高楼在几十米外相互应和，几缕云彩在天边飘浮，一轮夕阳被云遮掩着，从高楼间探出来，被护栏和盆栽阻碍着。光洒在书上，也洒进了那段艰苦卓绝的岁月。我用手试探着去摸光，光也在轻抚着我，光洒在手上，也洒进了我对未来美好生活的憧憬和向往里。考试的郁闷顿时就烟消云散了。

在拥挤的书屋里，我佝偻着身躯，手摸着光，眼望向窗，却仿佛拥有了整个世界。在不起眼的书里，狭窄的字里行间，我读着那被光圈画出的文字，就好像看到了革命烈士身上散发出的万丈光辉。

在广阔的世界和革命光辉的滋养下，我有了一个梦：要让先辈们用生命换来的祖国更加强大，要让我们生活的这片土地更加美好！

少年的梦想，与时代的脉搏紧密相连，与中国梦密不可分。我们与祖国和时代共成长、共进步。也只有把个人的梦同实现中华民族伟大复兴的中国梦结合在一起，个人的梦才能实现，个人的梦才能升华，民族的梦才能前进。

于是，个人的梦和民族的梦这两盏灯，汇成一束光，洒落在书页上，追光的少年手摸着光，眼望着窗……那本摊开的《红岩》被风翻到了最后一页，光圈画出了最后一段——

“东方的地平线上，渐渐透出一派红光，闪烁在碧绿的嘉陵江上；湛蓝的天空，万里无云，绚丽的朝霞，放射出万道光芒。”

姓　　名：李宗书

学　　校：河南省郑州市新密市金凤路初级中学

农家书屋所在地：河南省郑州市新密市

指导教师：胡兆玲

梦从书屋随风起

“风带来了故事的种子，时间使其发芽。”风在书屋种下一颗种子，我的梦随着风起。跟随风的脚步，我等到了那令人心心念念的书屋。

小时候，总是从家人那里听故事，每听一个故事就像是经历了一次不同旅行，让我痴想着，想着长大以后要买好多好多的书，打造一个属于我自己的书屋。直到后来，这条街道上多了一个书屋，我可以自己去看故事而不是从别人口中听，心动不如行动，马上就去。一路上我听着风的声音，看着它吹乱柳枝，轻拂水面。此时此刻的我就像风一样，来无影去无踪，是的，我已经迫不及待地想立刻去看书。

来到小书屋，这里虽比不上高大的图书馆，但也是一个充满故事的地方。寻找到我心仪的书，翻开它，坐在一旁，津津有味地读着它。想必这就是最快乐的时光了吧。故事的情节不断地拨动着我的心弦，让我沉醉在这美好的故事情节中。一秒、两秒……一页、两页……我如醉如痴地看着。看着看着，一阵阵风吹来了饭香，我才突然意识到，天已经黑了。我恋恋不舍地回到家，妈妈还不断地念叨着我看书看得废寝忘食了，下次早点回来。

“用自己的双脚丈量土地，将未知变为知识。”在那个书屋我学到了许多知识，度过了许多时光。一阵阵风吹过，坐在椅子上看着书是多么惬意。看《西游记》中师徒四人西天取经的故事，他们的精神令人感动；看《假如给我三天光明》中海伦·凯勒历经千辛万苦考上心仪的学校，告诉我们要珍惜生命；看《小王子》中他从自己的星球到地球的旅行故事，告诉我们用心灵洞察事物的本质。读了越来越多的书，我的心中再一次萌发了那个想法——拥有一间属于自己的书屋。

我知道这不是一朝一夕就可以完成的愿望，而是需要日积月累不断地学习，考上心仪的学校，有心仪的工作，有稳定的收入，终有一天我将会拥有一个书屋，完完全全属于我自己一个人的书屋。“最初的鸟儿是不会飞翔的，飞翔是它们勇敢跃入峡谷的奖励。”有了向往，便有了梦，有了梦，便有了动力，勇往直前地面对它。

“风向是会转变的，终有一天会吹向更加光亮的地方。”我的梦随着书屋而生，随着风飞翔。

姓　　名：黄佳雪

学　　校：河南省郑州市新密市超化镇第二初级中学

农家书屋所在地：河南省郑州市新密市超化镇

指导教师：周俊峰

书

我愿永远沉溺于无涯书海，陶醉于醇香书气。书籍是屹立在时间的汪洋大海中的灯塔，读书时，我愿在每一个真理面前徘徊、徜徉。

夏日的风再次转了凉，落叶躺在地上，我踏步于又一年的满地红叶，捧书远望，向着光的方向与它共同前往。一本本老书推着我成长，每一张书页都翻得发黄。我在它们身上听过最美好的童话，又在它们身上见过最大的战场。

书教会我爱的强大，告诉我万物本性纯真善良。书让不喜欢昆虫的我，在《法布尔昆虫记》里，见识到了它们的可贵；让感觉度日如年的我，在《长征》中体会到了红军浴血奋战的壮烈与辉煌；让小时候天真的我在《骆驼祥子》中第一次窥见黑暗的社会；又让长大封闭的我在《小王子》的故事里，再次接触到爱的光芒。

少年理想虽有千钧之重，书籍却能使我们执笔时直指苍穹。十几岁的我们可以自由地去追逐梦想，因为背后有着一本本书垒起来的阶梯，让你可以随时随地地攀登更高峰。

书籍的魅力大得不可想象，如同“漫山的翠绿在风里叠成浪，翻滚的云朵卷出一片汪洋”那么真实，同时又充满想象。我的姥姥明知自己眼睛不太好，还不听劝阻地读起书上的一行复一行，每隔一段时间我总会提醒她看看门外的夕阳，但她总是一边说着“好好好”，一边翻过一个又一个折角，继续在精彩的故事中翱翔。我见过父亲看着朱自清的《背影》偷偷抹泪，也见过努力学普通话的母亲朗诵诗的篇章。

立身以立学为先，立学以读书为本，书籍也是获得梦想的前提。“发奋识遍天下字，立志读尽人间书。”这是我自己的目标，也是我的最大的梦想。作为青少年一代的我们，刚跨进中学的校门，还是懵懂少年，个人的认知有限，眼界有限，目标和理想往往会随着年龄而有所改变。但是，如果一个人连阅读的时间都不肯挤出，又何谈目标与理想？未来的路更不会让你简单地通航。

我虽然没有属于自己的小书屋，但在家中的每一个角落，随手就可以拿起一本书。书籍贯穿我的世界，是我生命中必不可少的点点滴滴，再没有比读书更廉价的娱乐、更持久的满足了。

就如同国画大师李苦禅所说：“鸟欲高飞先振翅，人求上进先读书。”

姓　　名：常一菲

学　　校：河南省郑州市新郑市实验中学

农家书屋所在地：河南省郑州市新郑市新华路街道办事处

指导教师：荆振江

梦之书屋

读书之乐何处寻？堤上花园知我心。我来到村子里一个特别的书屋——堤上花园书屋，在这里度过我的课余时间。它是我每天汲取知识的宝库，是我心灵深处的港湾，也是我梦想的起点。

书屋并没有那么大，却装满了我的小学生活。书屋里面有着两排整齐的书柜，书柜中摆满了书籍，书中油墨散发出的淡淡幽香味儿让人心旷神怡。书柜上面有一盆能净化空气的常春藤，那是书屋管理员王爷爷种植的。书柜的旁边有一张小木桌，小木桌上层层叠叠，摆放着不同时间的报纸，白色的墙壁上挂着有关读书名言的字幅。当清晨的微风拂过窗帘，温暖的阳光透过窗口，照射在常春藤上，散发出柔和的光芒，四周散发出来的书卷气息令人心静。

今年由于疫情，有时候要在家上网课，我经常在上完网课的时候和王爷爷一起到书屋里面读书。我很喜欢一次看完好几本书，只恨一天只有二十四小时，恨不得一整天都在书屋里面度过。每次都是天黑了，王爷爷催着我回家吃饭，我才恋恋不舍地合上书回家。有了书屋，就有了梦想，我决心要为了实现自己的梦想努力奋斗！

在看过的许多书中，我最喜欢的是《理想照耀中国》，我花了两天的时间读完了它，倍感震撼，产生了对共产党员深深的敬佩之情。书中李大钊、王尽美、恽代英等共产党员总在我的脑海中浮现。在那个思想奋进、暗流汹涌的年代，不为自我，只为了心中的信念与梦想，不惜舍弃自己年轻的生命，诠释了“梦想与信念决不能放弃”的誓言。遇到困难，他们坚定不移，决不轻言退缩。他们的精神令人钦佩，我想长大后也要成为他们这样的人，为祖国做出贡献，不惜一切代价！我要为贫困的儿童寄书本，希望他们也可以和我们一样，让书籍照亮未来前行的道路。

一个下午，我正沉浸在知识的海洋中，突然一群小孩子出现在我的面前，他们拉着我出来，其中的一个小男孩儿指着天空疑惑地问：“为什么每年秋天的时候大雁要向南方飞去呢？”其他小孩子纷纷摇头，我站了起来胸有成竹地对他们说道：“看来一定是你们书读得太少了！让我来告诉你们我在书中得到的知识吧。大雁属于候鸟，每年秋天它们飞向南方。因为南方的天气比北方暖和。”听我说完，小孩子们都恍然大悟：“原来读书能让我们懂得这么多，我们以后也要好好读书，报效祖国，为祖国贡献自己的力量。”

当年，王爷爷想上学的愿望非常强烈，却受限于时代，未能如愿。现在，王爷爷作为书屋管理员，打扫卫生，布置环境，开展活动，不辞劳苦，为村民服务，为了年少时未圆的梦，更为了满足农家孩子们和村民们的求知欲望，为孩子们撑起了课余的天地。他十分固执，但是为人正义。他经常对我说：“中国人要有骨气。中国上下五千多年，经历了许许多多的磨难，但中国人都挺过来了，这个小小的疫情，在我们面前就是鸡蛋碰上了石头，我们一定能战胜它。未来的重担全部都在你们青少年的肩上，少年强则国强，你们一定是中国未来的接班人。”王爷爷的话让我莫名感动，我使劲地点了点头，心中的梦想从未像现在这般沉甸甸的。

“千磨万击还坚劲，任尔东西南北风。”是啊，那些英烈们为了新中国而牺牲了那么多，在困难面前奋勇直前，我们还有什么可说的呢？从现在开始，我要多读书，多积累知识，为了我心中的少年梦与中国梦奋发图强。少年有志，国家有望！

村子里面的特别的书屋陪伴了我十三年的春夏秋冬，通过读书，我仿佛看到了我从未见过的景象：春天，百花齐放，绿色覆盖大地；夏天，微风拂过，水面漾起层层涟漪；秋天，田野金黄，果树上结满了硕大的果实；冬天，白雪纷纷，数点梅花含苞待放。

知识可以改变命运，梦想能够成就人生。希望有一天，当我走出农家书屋时，我带着我在农家书屋里得到的知识和力量，加倍努力，追逐时代的梦想。堤上花园书屋——我的梦之书屋！

姓　　名：王子娴

学　　校：河南省新乡市红旗区洪门镇原堤初级中学

农家书屋所在地：河南省新乡市红旗区洪门镇原堤村

指导教师：原小兰

我的书屋，我的梦

我的家中有一个小书屋——我的卧室，除了供我休憩的床和书桌外，剩余的空地基本上都被我的书架占满，而我的书架上，是我数年积累的精神食粮——琳琅满目的书。

父母因工作关系，经常不在我身边。小时候，书便成了我无处不在的好朋友，也是伴我成长最久的良师。长大后，读书仍是我最大的爱好，一是因为托书的福，我的知识和实力都增加了，敢于脱离自己的舒适圈，勇往直前；二是因为朋友的增加，习惯热闹的我总是很害怕孤独，书可以帮助我排解寂寞，它是我最好的知音，是我生命中最重要的东西。在我伤心时，书能将我治愈；在我愤怒时，书能帮助我找回理性。我常泡在我的小书屋里，而随身携带一本书也成了我的习惯。

在我那狭小的书屋里，我可以自由地漫游大千世界。跟随《海底两万里》，我的书屋变成了“鹦鹉螺”号，我与阿龙纳斯教授和尼摩艇长一起航游世界，观赏世界的千万奇景；跟随《明朝那些事儿》，我的书屋变成了明朝的朝堂，望着官员们各怀鬼胎、钩心斗角，望着张居正、申时行的熠熠生辉，我暗暗立志要当一个大政治家，像他们一样无坚不摧、无惧无畏，为国之海晏河清，人民之喜乐安康而奋斗；跟随《苏东坡传》，我的书屋变成了那条名传千古的雨中小道，跟随东坡先生一起踏雨而行，感叹“一蓑烟雨任平生”；跟随《金戈铁马辛弃疾》，我的书屋变成了辛弃疾居住的王氏庵，看着他“布被秋宵梦觉，眼前万里江山”，心里不禁一阵泛酸。

在我那简陋的书屋中，书籍给了我精神繁盛的体验，给了我行走凡世间无穷的力量。但是我多么渴望我的书屋是一个海纳百川的图书中心，那里有更丰富的内容，有深入人心的哲学，有写尽现实沧桑的小说，有流传千年依然熠熠生辉的古籍，有温暖世界引人入胜的经典名著。那翻开的书，散着墨香，温暖的阳光，透着窗户照进你的心房，窗边时不时传来小孩子们快乐的嬉闹声，而你手边恰好放着一壶氤氲着香气的茶！

一本好书，几篇美文，便是沧海桑田。一隅书屋，心花绽放，便是我最美好的梦。

姓　　名：高元一

学　　校：河南省郑州市第六十中学

农家书屋所在地：河南省郑州市惠济区刘寨街道办事处

指导教师：华宝香

从书香憧憬远方

家里有一个我的书屋，在我家的阳台上。

那里很小，只容得下一个书柜，一张桌子，剩下的便是停留在书柜上的两盆绿萝。这个房间实在是太小了，有些闷，因此，每当我来这里读书的时候，便把窗户打开，新鲜空气顿时钻入这个小小的书房里面。

清新的绿萝放在了我的书柜上。每当太阳升起来，阳光透过那扇窗照亮整个房间。那个木头色的书架上面的书有很多，都整整齐齐地排列起来。我是很喜欢看书的。在我无聊的时候，我会随手拿起一本书翻看。光照在书上，照在那些熠熠生辉的文字上，我便津津有味地读起来。

我将我的一部分留在这个书屋里面，书丰富着我的生活。

我热爱读书，特别喜欢的一本书是法国作家雨果的《巴黎圣母院》。对其中巴黎圣母院美好景色的向往，以及怀念，无一不滋养着我的心灵。它似乎在慢慢启迪着我。

现在我们家已经有许多本世界名著了，我喜欢这些作品，作者笔下的许多人物、景色和故事的内涵，以及许多文字都美得惊心动魄。我仿佛能透过这些文字，深深地感受到作者的灵魂也在熠熠生辉，让人久久沉醉其中。即使已经读完了书，我还会回味其中的内容，在自己的想象中畅游着。每当午后，阳光透过窗子照了进来，照在那个书架上，照在那个绿萝的枝脉上，留下点点光斑，哈！也算是一处美景了。书架上的那两盆绿萝长得十分茂盛，绿色的藤蔓和枝叶，渐渐地往书柜上延伸着，形成一道绿色的瀑布，每当我用手拨开绿萝找书时，似乎是在寻找宝藏。那些书，在哪里等待着我？拿起它们，翻开它们，便已是醉了。每当这时，我便会咀嚼着其中的文字，来滋养着自己的想象，慢慢感受着书海的神奇力量。

我想把这些书轻轻地拢起来，连同着我的小书屋，放在我的书包里，如同种下未来希望的种子……

姓　　名：赵源

学　　校：河南省郑州市高新区八一中学

农家书屋所在地：河南省郑州市荥阳市贾峪镇槐林村

指导教师：黄昌艳

书法软笔作品

小学组

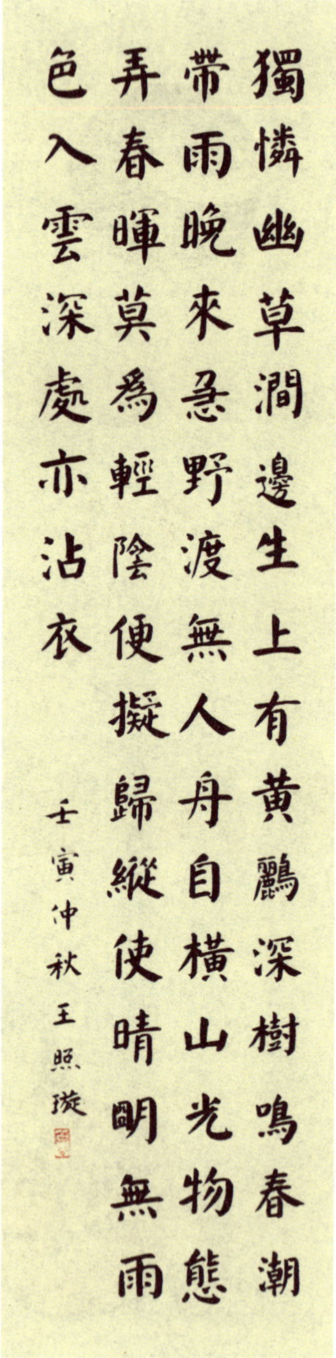
獨憐幽草澗邊生上有黃鸝深樹鳴春潮
帶雨晚來急野渡無人舟自横山光物態
弄春暉莫為輕陰便擬歸縱使晴明無雨
色入雲深處亦沾衣
壬寅仲秋王照璇

作　者：王照璇

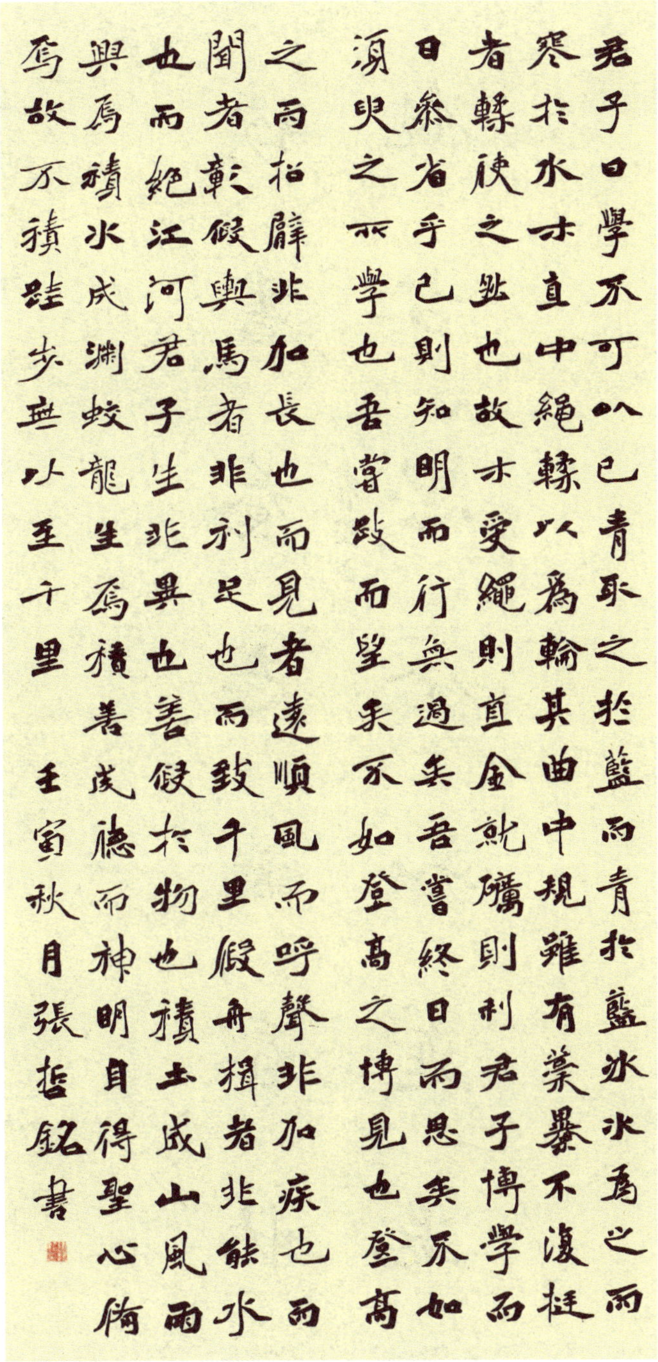
君子曰學不可以已青取之於藍而青於藍冰水為之而
寒於水木直中繩輮以為輪其曲中規雖有槁暴不復挺
者輮使之然也故木受繩則直金就礪則利君子博學而
日參省乎己則知明而行無過矣吾嘗終日而思矣不如
須臾之所學也吾嘗跂而望矣不如登高之博見也登高
之而招臂非加長也而見者遠順風而呼聲非加疾也而
聞者彰假輿馬者非利足也而致千里假舟楫者非能水
也而絕江河君子生非異也善假於物也積土成山風雨
興焉積水成淵蛟龍生焉積善成德而神明自得聖心備
焉故不積跬步無以至千里
壬寅秋月張哲銘書

作　者：张哲铭

作　者：韩睿熙

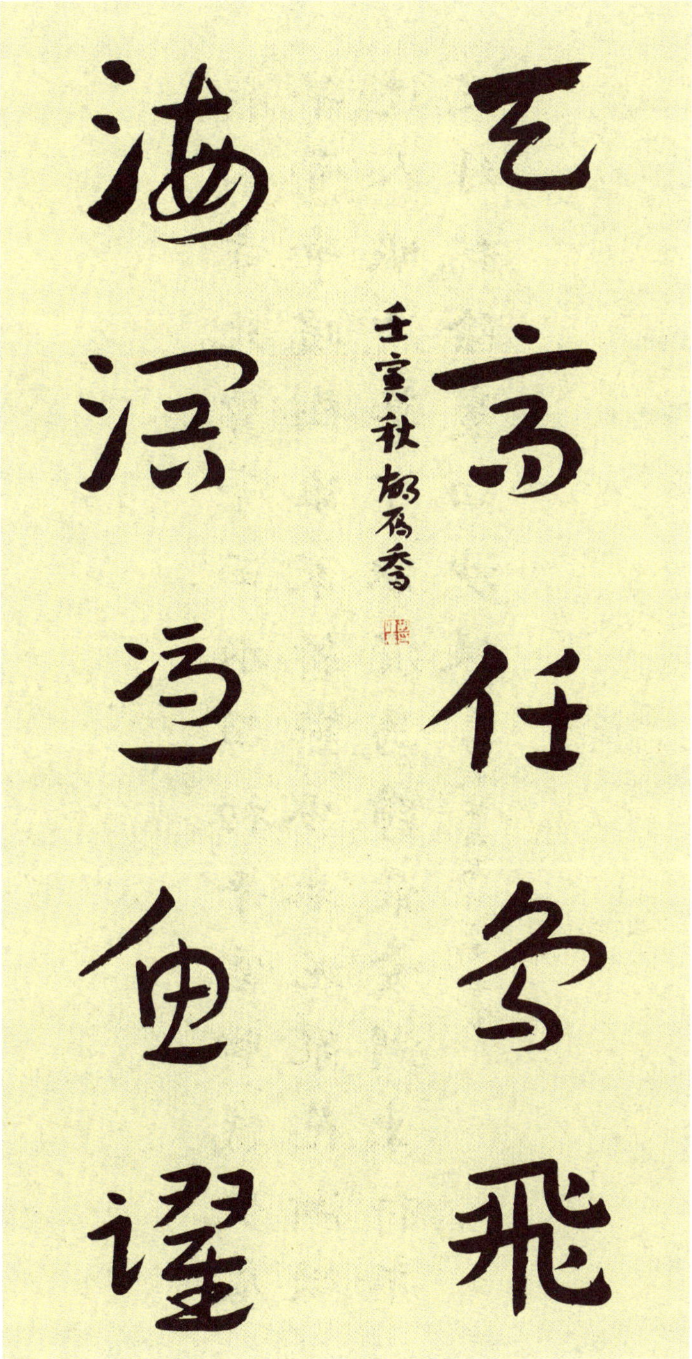

作　者：胡雁乔

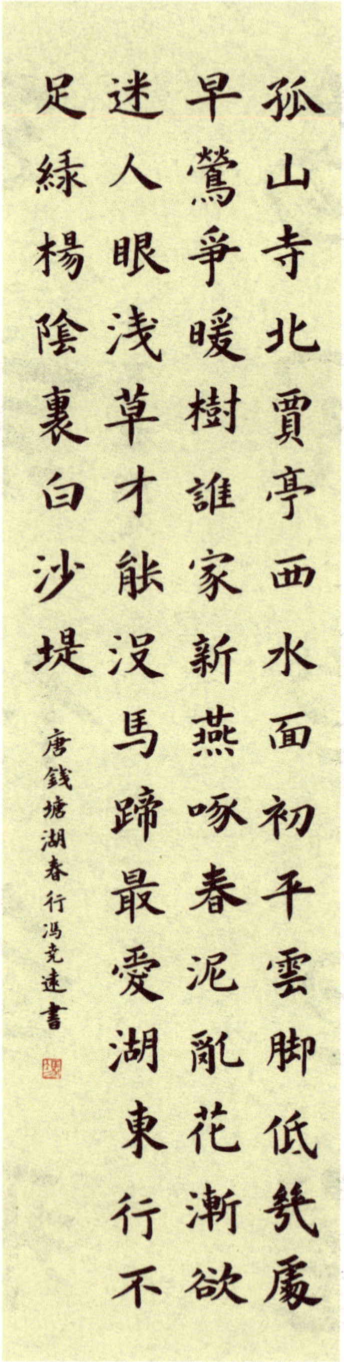
孤山寺北賈亭西水面初平雲脚低幾處
早鶯爭暖樹誰家新燕啄春泥亂花漸欲
迷人眼淺草才能没馬蹄最愛湖東行不
足綠楊陰裏白沙堤
唐錢塘湖春行冯尭遠書

作　者：冯尧远

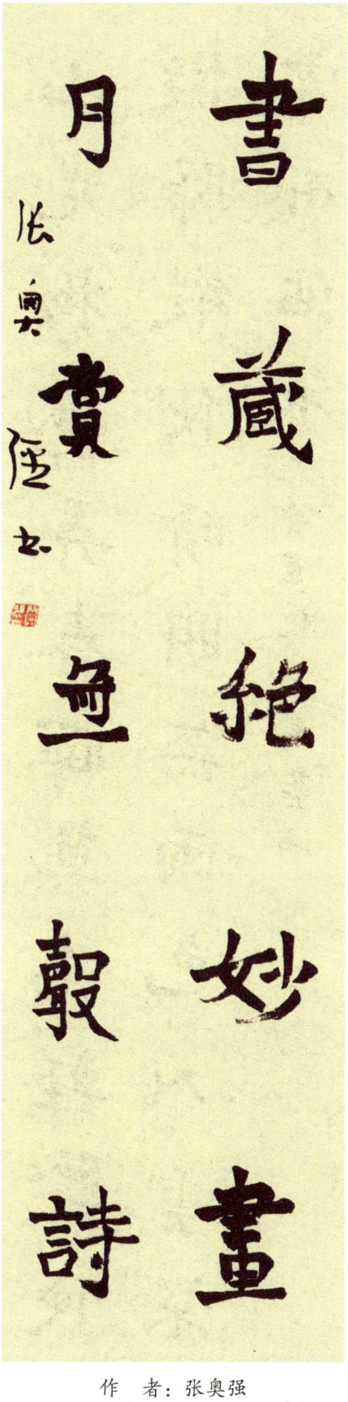

作　者：张奥强

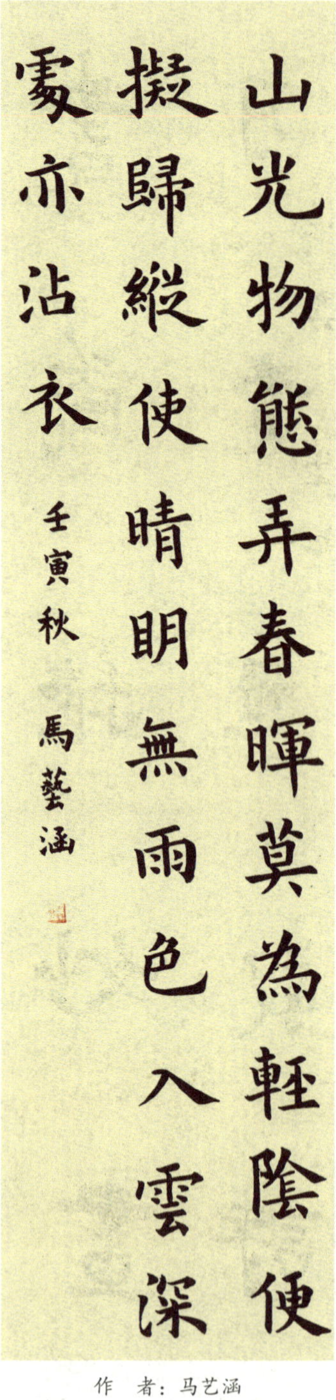

作 者：马艺涵

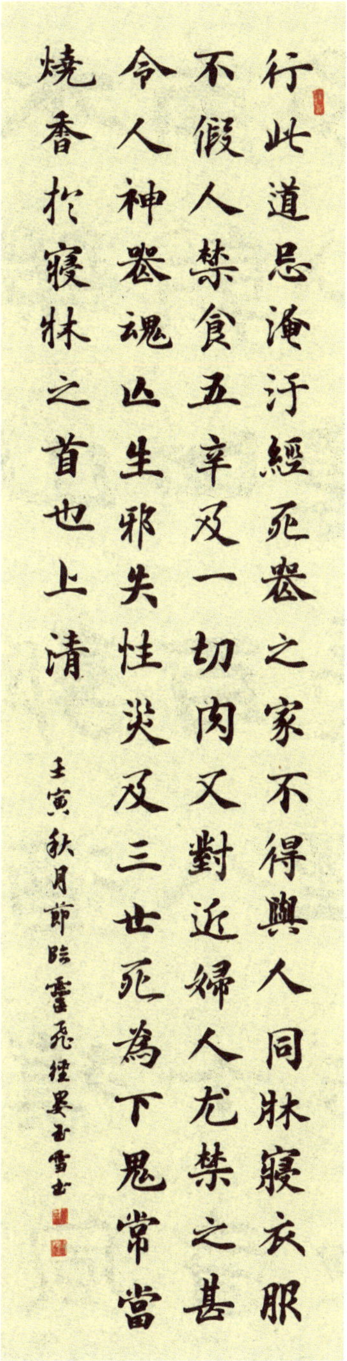
行此道忌淹汙經死喪之家不得與人同牀寢衣服
不假人禁食五辛及一切肉又對近婦人尤禁之甚
令人神喪魂亡生邪失性災及三世死爲下鬼常當
燒香於寢牀之首也上清
壬寅秋月節臨靈飛經婁玉雪書

作　者：娄玉雪

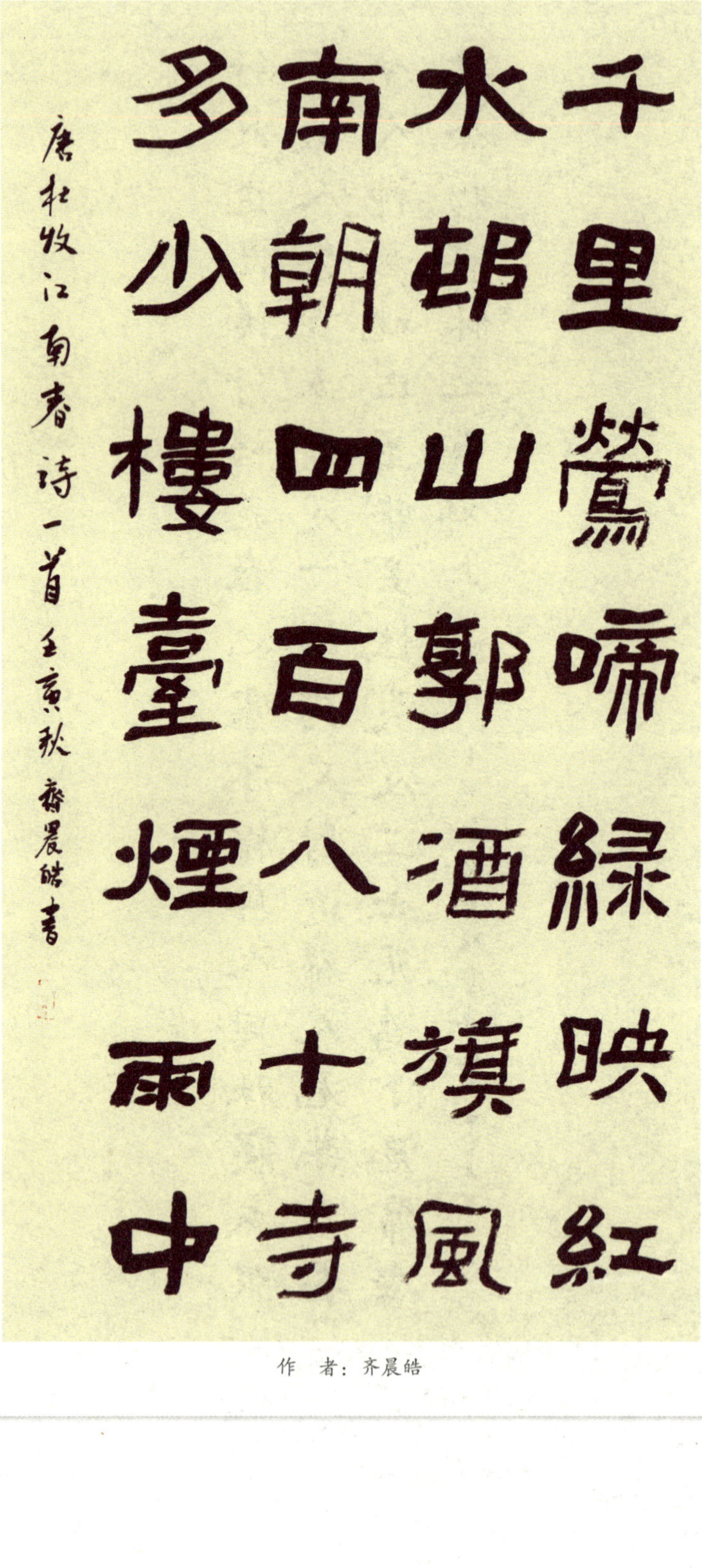

作　者：齐晨皓

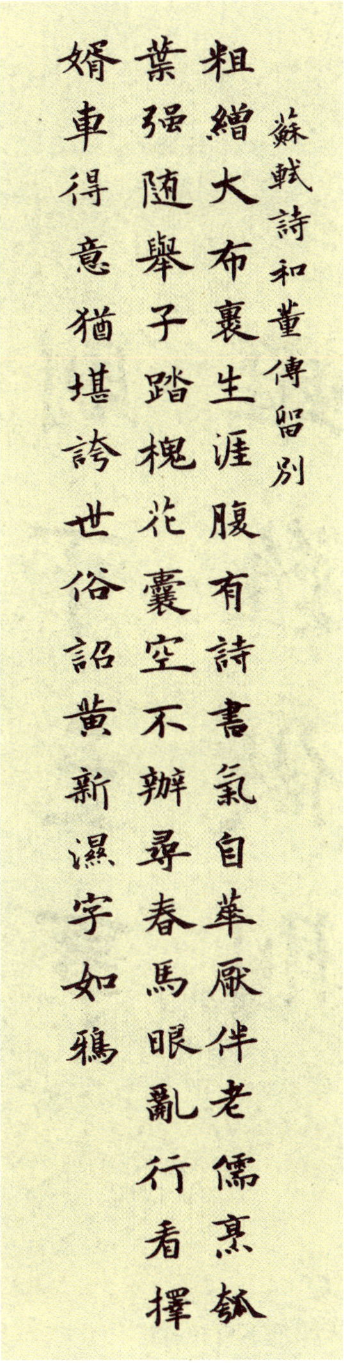
蘇軾詩和董傳留別
粗繒大布裹生涯腹有詩書氣自華厭伴老儒烹瓠
葉强随舉子踏槐花囊空不辦尋春馬眼亂行看擇
婿車得意猶堪誇世俗詔黄新濕字如鴉

作　者：许翊歌

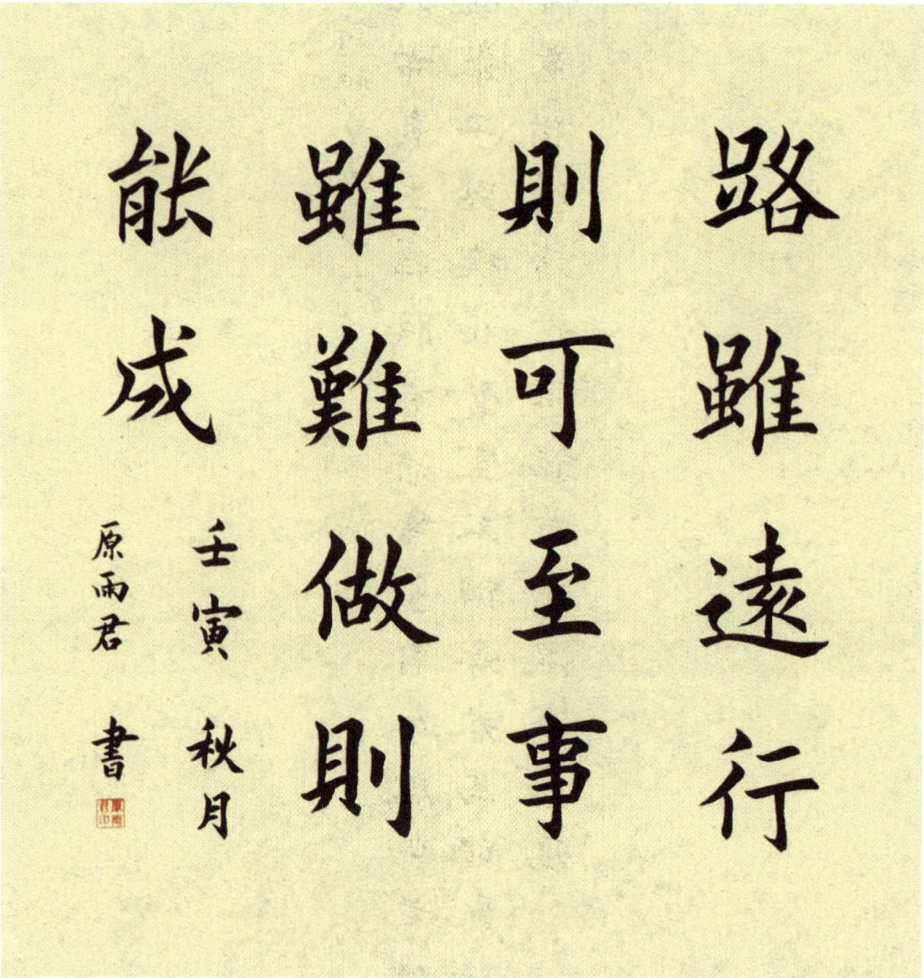

作　者：原雨君

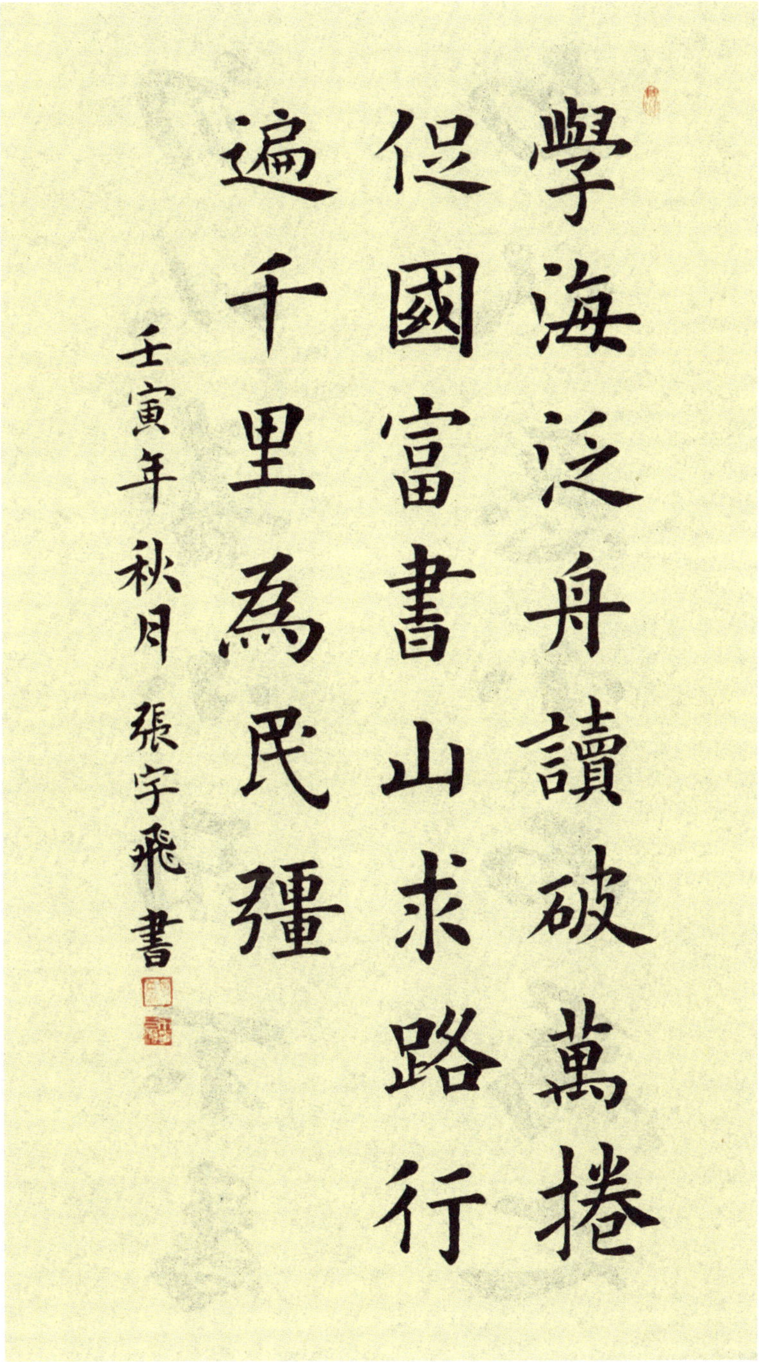

作　者：张宇飞

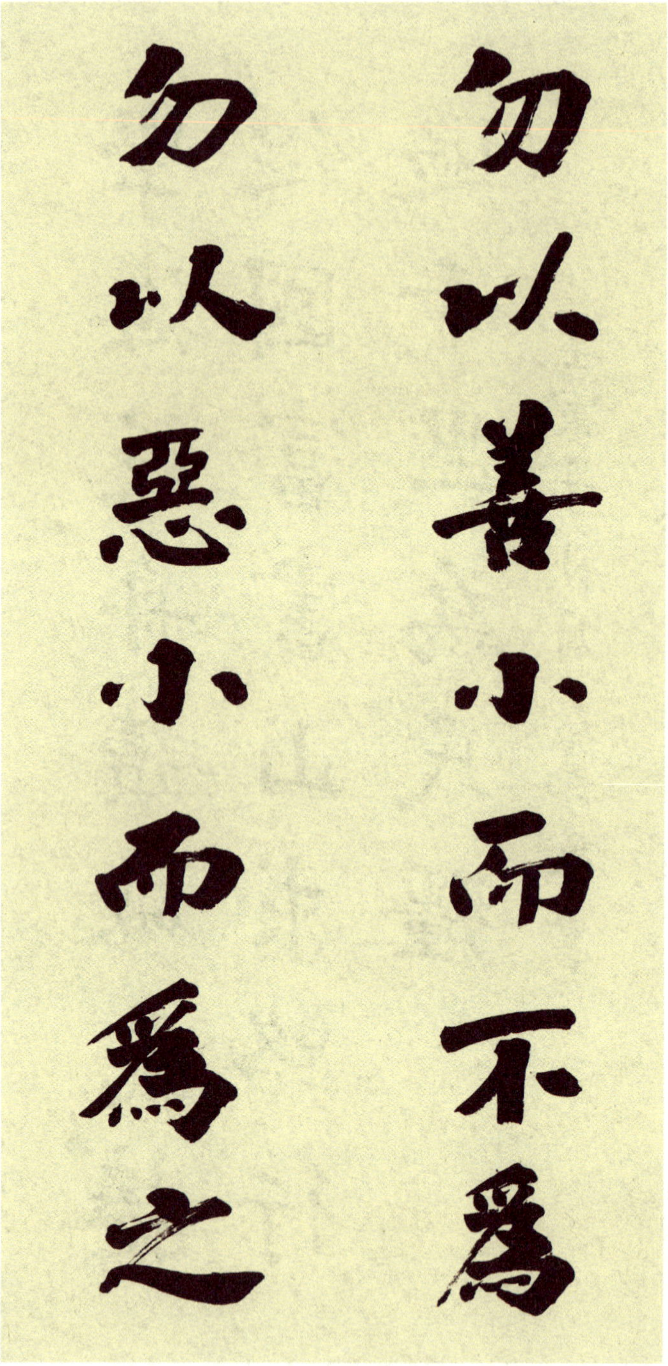

作　者：李梦萍

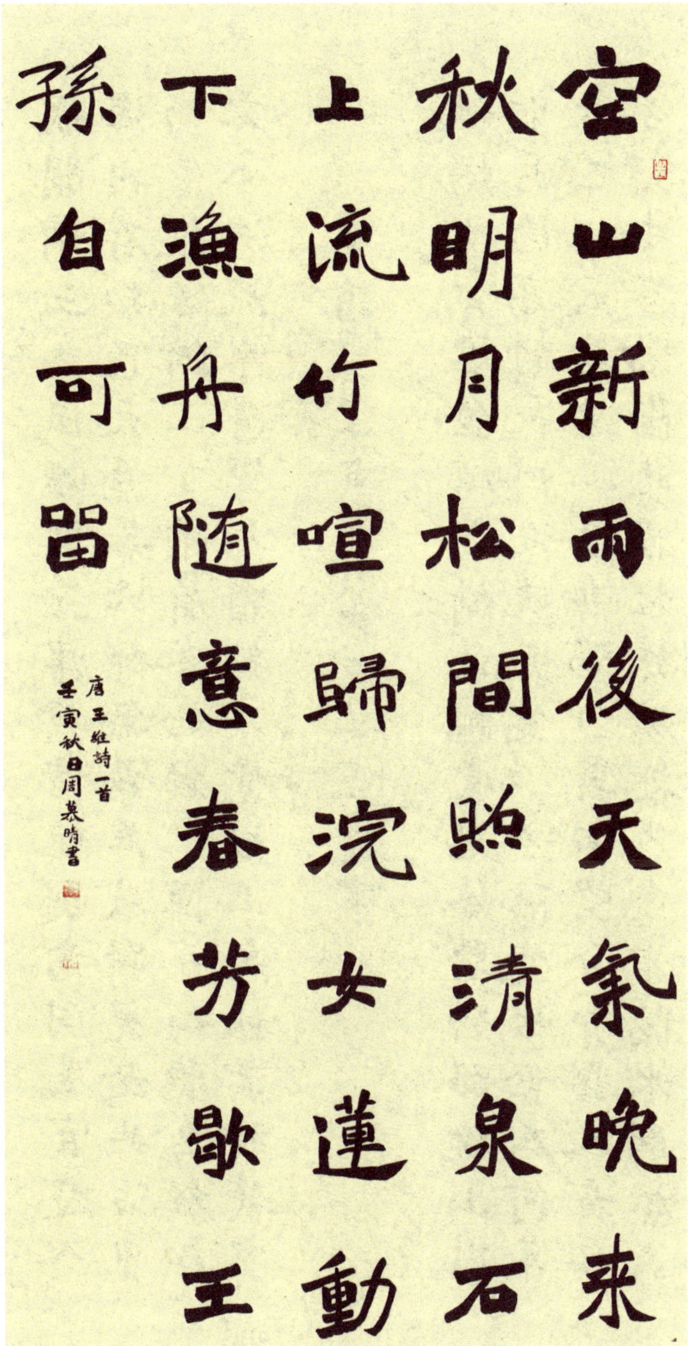
空山新雨後天氣晚来
秋明月松間照清泉石
上流竹喧歸浣女蓮動
下漁舟隨意春芳歇王
孫自可留
唐王維詩一首
壬寅秋日周慕晴書

作　者：周慕晴

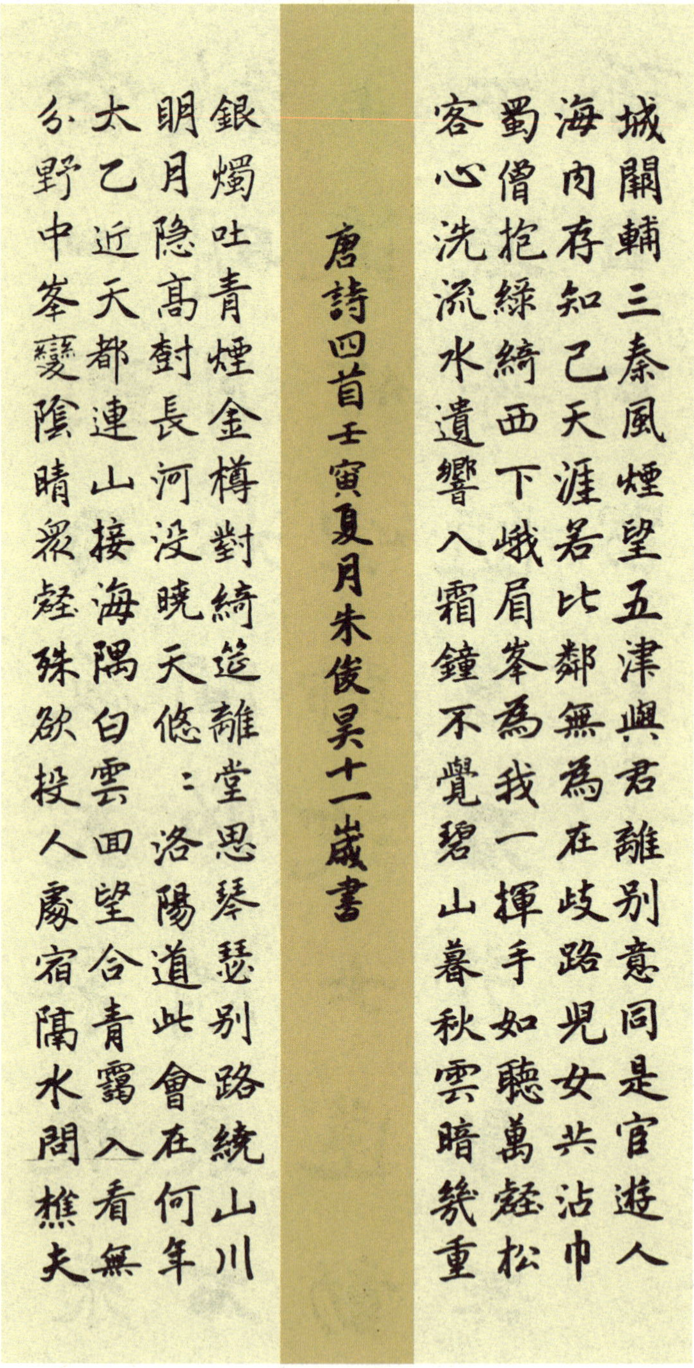
城闕輔三秦風煙望五津與君離別意同是宦遊人
海内存知己天涯若比鄰無爲在歧路兒女共沾巾
蜀僧抱綠綺西下峨眉峯爲我一揮手如聽萬壑松
客心洗流水遺響入霜鐘不覺碧山暮秋雲暗幾重
唐詩四首壬寅夏月朱俊昊十一歲書
銀燭吐青煙金樽對綺筵離堂思琴瑟別路繞山川
明月隱高樹長河没曉天悠悠洛陽道此會在何年
太乙近天都連山接海隅白雲回望合青靄入看無
分野中峯變陰晴衆壑殊欲投人處宿隔水問樵夫

作　者：朱俊昊

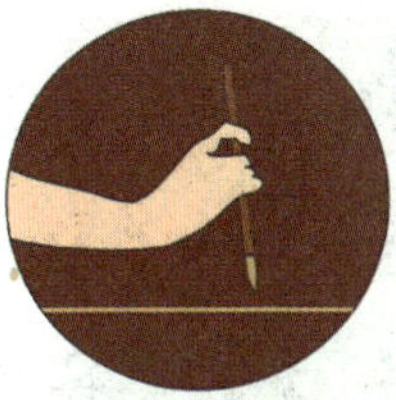

书法软笔作品

中学组

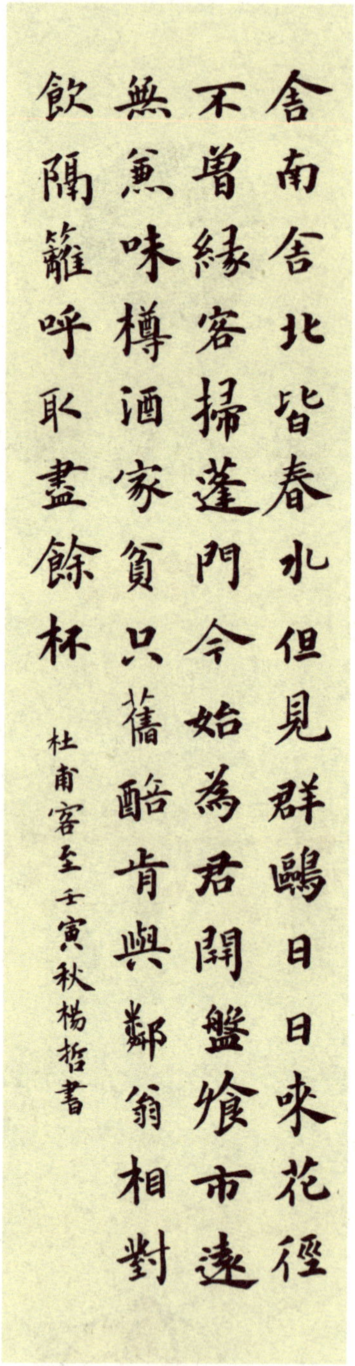
舍南舍北皆春水但見群鷗日日來花徑
不曾緣客掃蓬門今始為君開盤飧市遠
無兼味樽酒家貧只舊醅肯與鄰翁相對
飲隔籬呼取盡餘杯
杜甫客至 壬寅秋楊哲書

作 者：杨 哲

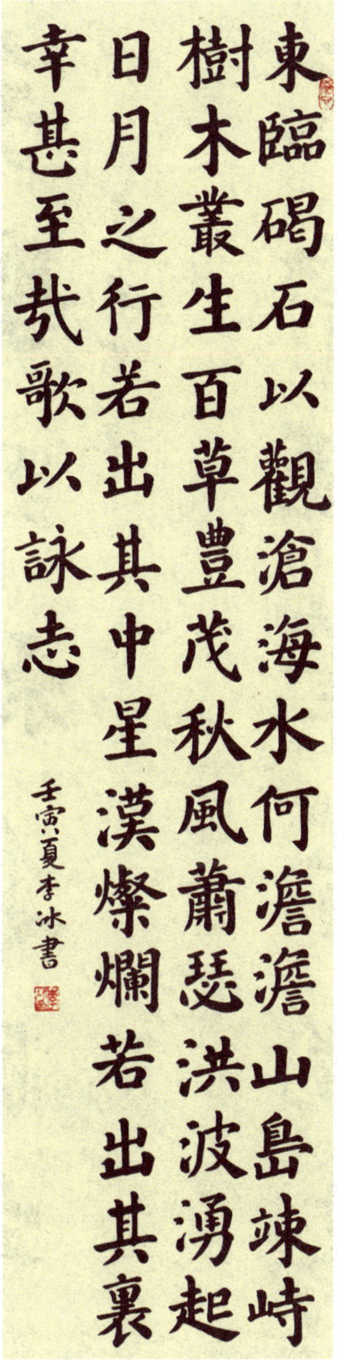
東臨碣石以觀滄海水何澹澹山島竦峙
樹木叢生百草豐茂秋風蕭瑟洪波湧起
日月之行若出其中星漢燦爛若出其裏
幸甚至哉歌以詠志
壬寅夏李冰書

作 者：李 冰

作　者：李东儒

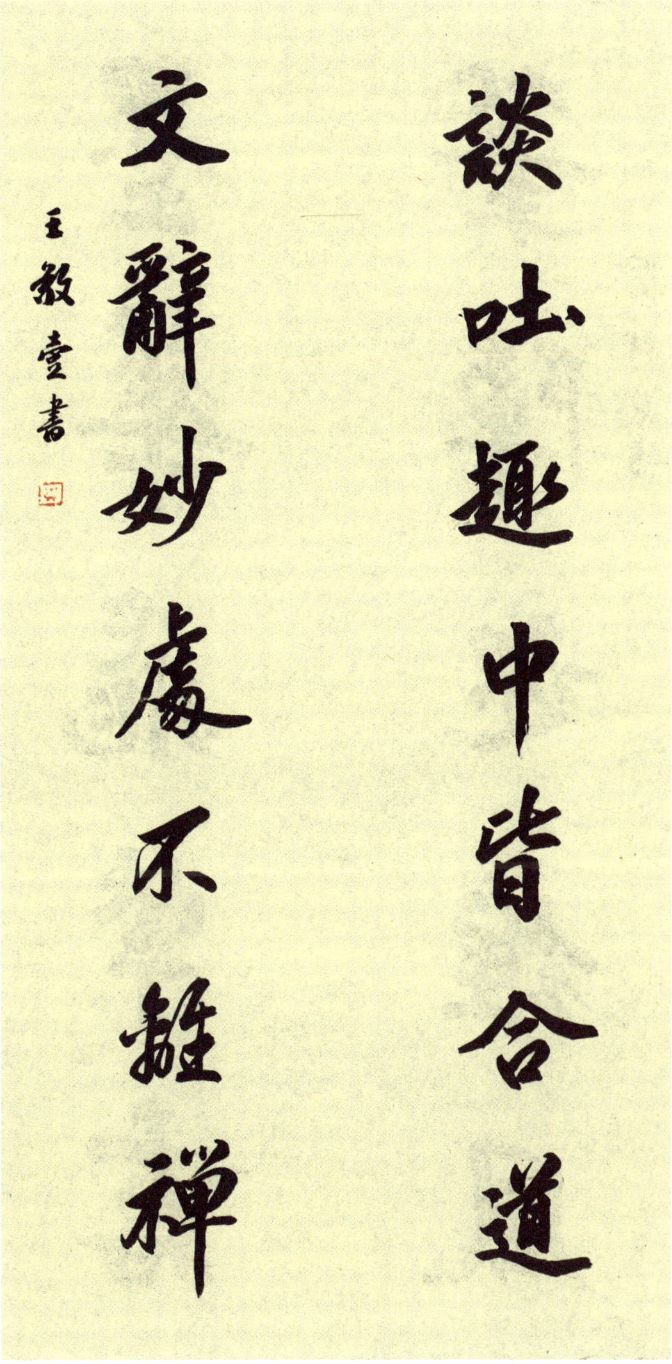

作　者：王敬壹

作　者：齐柯芯

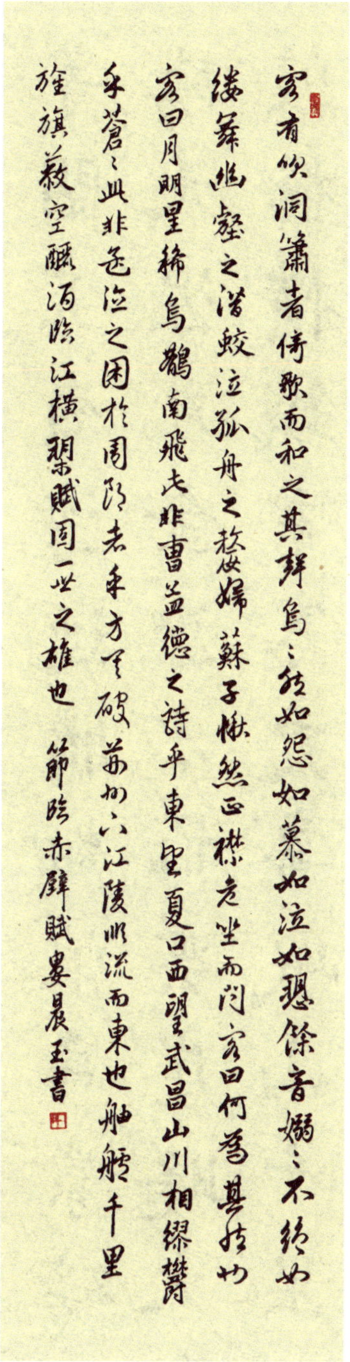
客有吹洞簫者倚歌而和之其聲嗚嗚然如怨如慕如泣如訴餘音嫋嫋不絕如
縷舞幽壑之潛蛟泣孤舟之嫠婦蘇子愀然正襟危坐而問客曰何為其然也
客曰月明星稀烏鵲南飛此非曹孟德之詩乎東望夏口西望武昌山川相繆鬱
乎蒼蒼此非孟德之困於周郎者乎方其破荊州下江陵順流而東也舳艫千里
旌旗蔽空釃酒臨江橫槊賦詩固一世之雄也 節臨赤壁賦婁晨玉書

作　者：娄晨玉

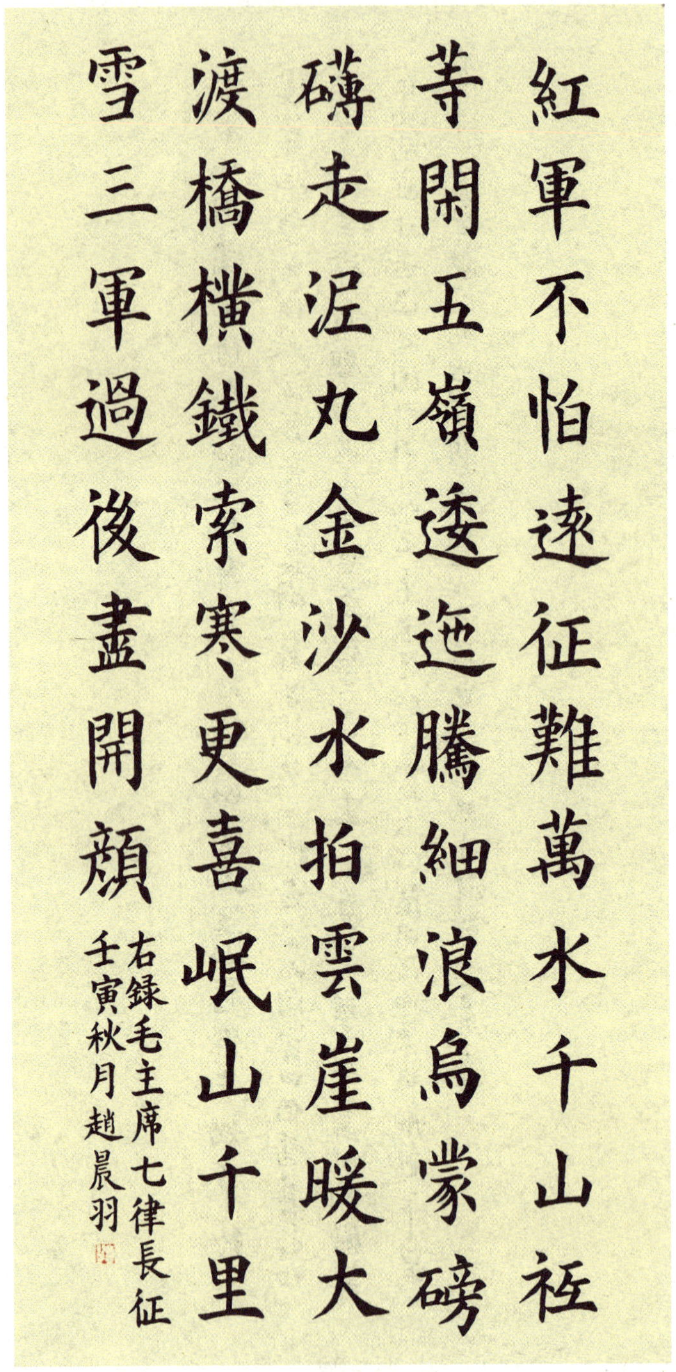
紅軍不怕遠征難萬水千山祗
等閑五嶺逶迤騰細浪烏蒙磅
礴走泥丸金沙水拍雲崖暖大
渡橋橫鐵索寒更喜岷山千里
雪三軍過後盡開顏
右録毛主席七律長征
壬寅秋月趙晨羽

作 者：赵晨羽

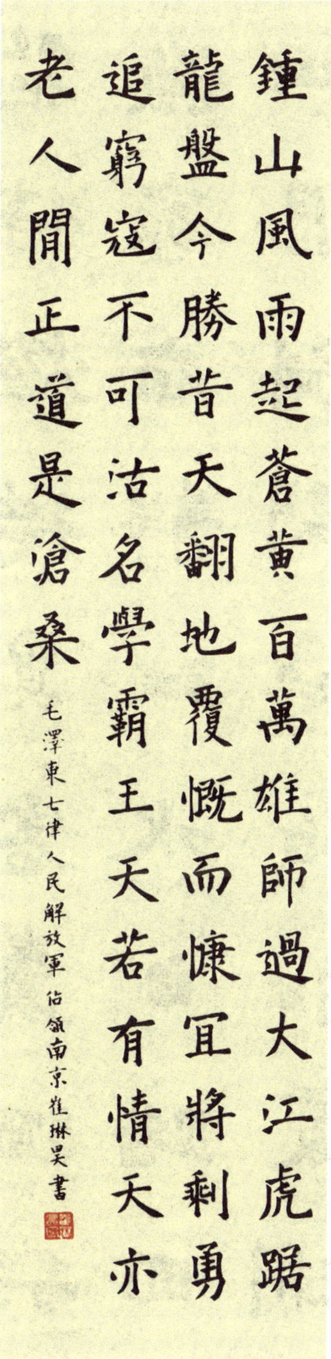
鍾山風雨起蒼黃百萬雄師過大江虎踞
龍盤今勝昔天翻地覆慨而慷宜將剩勇
追窮寇不可沽名學霸王天若有情天亦
老人間正道是滄桑
毛澤東七律人民解放軍佔領南京崔琳昊書

作　者：崔琳昊

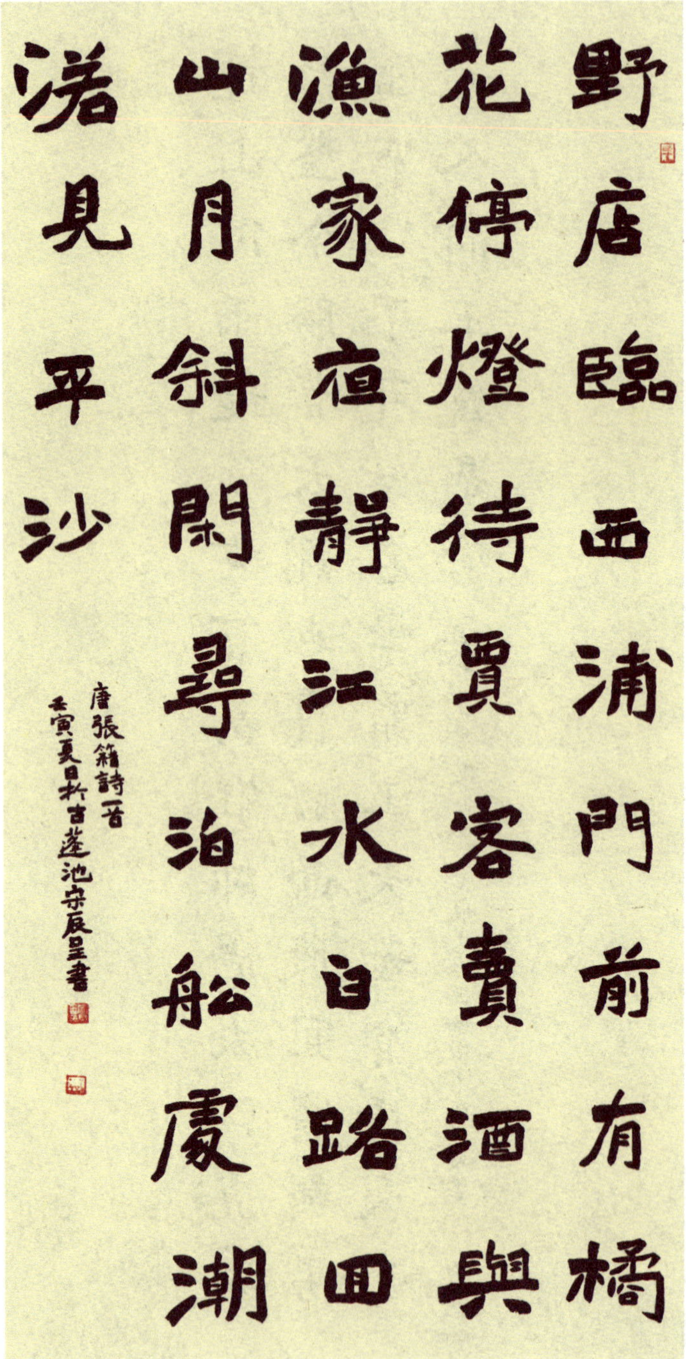
野店臨西浦門前有橋
花停燈待賈客賣酒與
漁家宿靜江水白路田
山月斜閑尋泊船處潮
落見平沙
唐張籍詩一首
壬寅夏日於吉蓬池宋辰呈書

作　者：宋辰呈

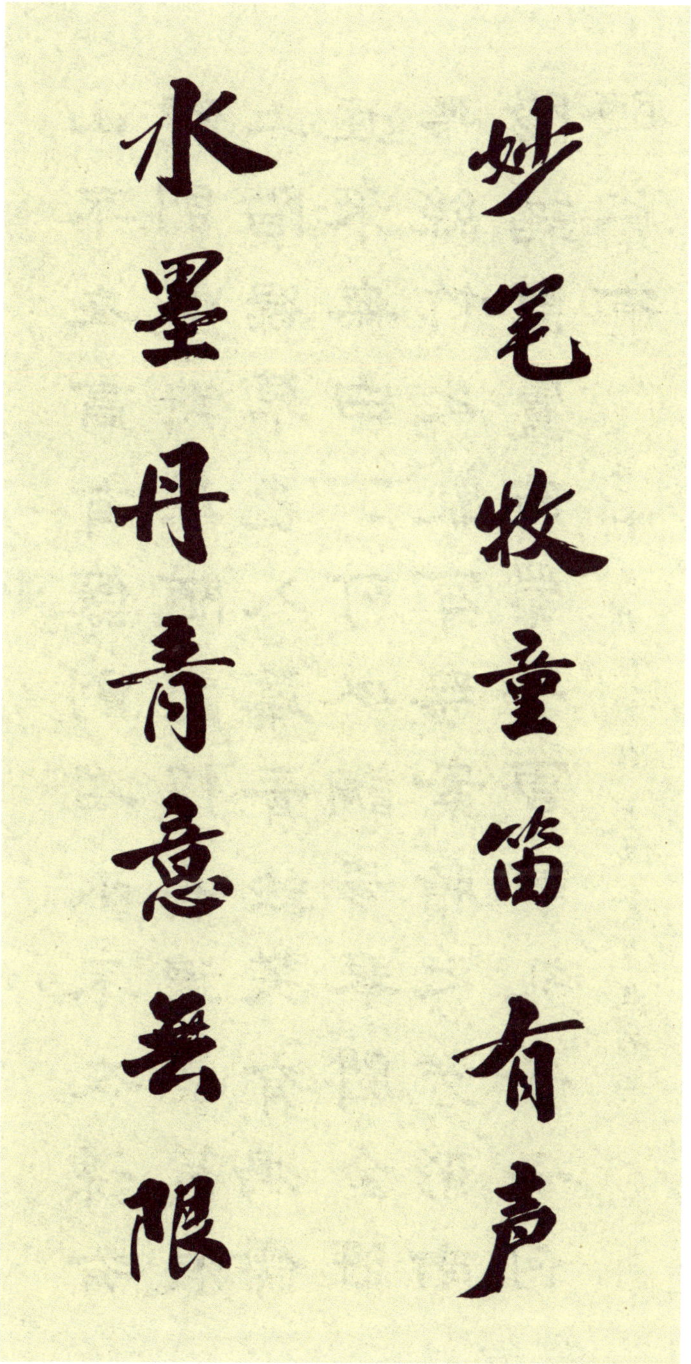

作 者：王 俊

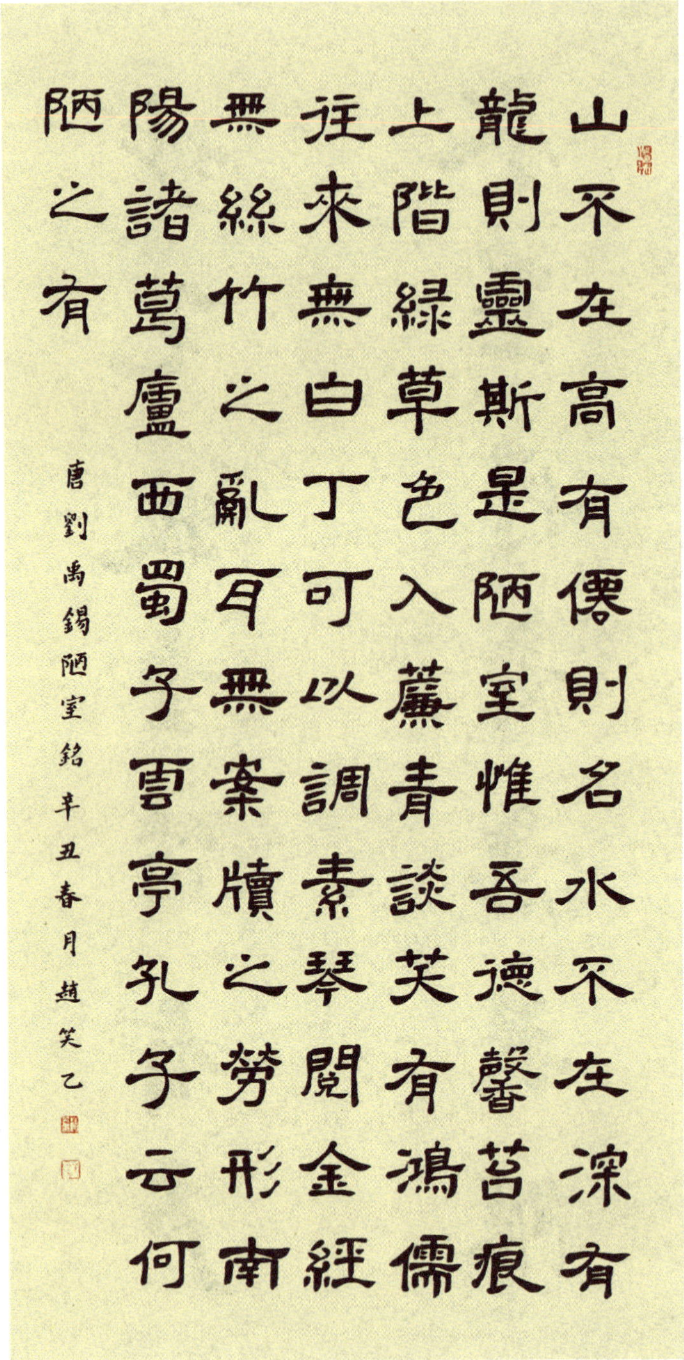
山不在高有僊則名水不在深有
龍則靈斯是陋室惟吾德馨苔痕
上階綠草色入簾青談笑有鴻儒
往來無白丁可以調素琴閱金經
無絲竹之亂耳無案牘之勞形南
陽諸葛廬西蜀子雲亭孔子云何
陋之有
唐劉禹錫陋室銘 辛丑春月趙笑乙

作 者：赵笑乙

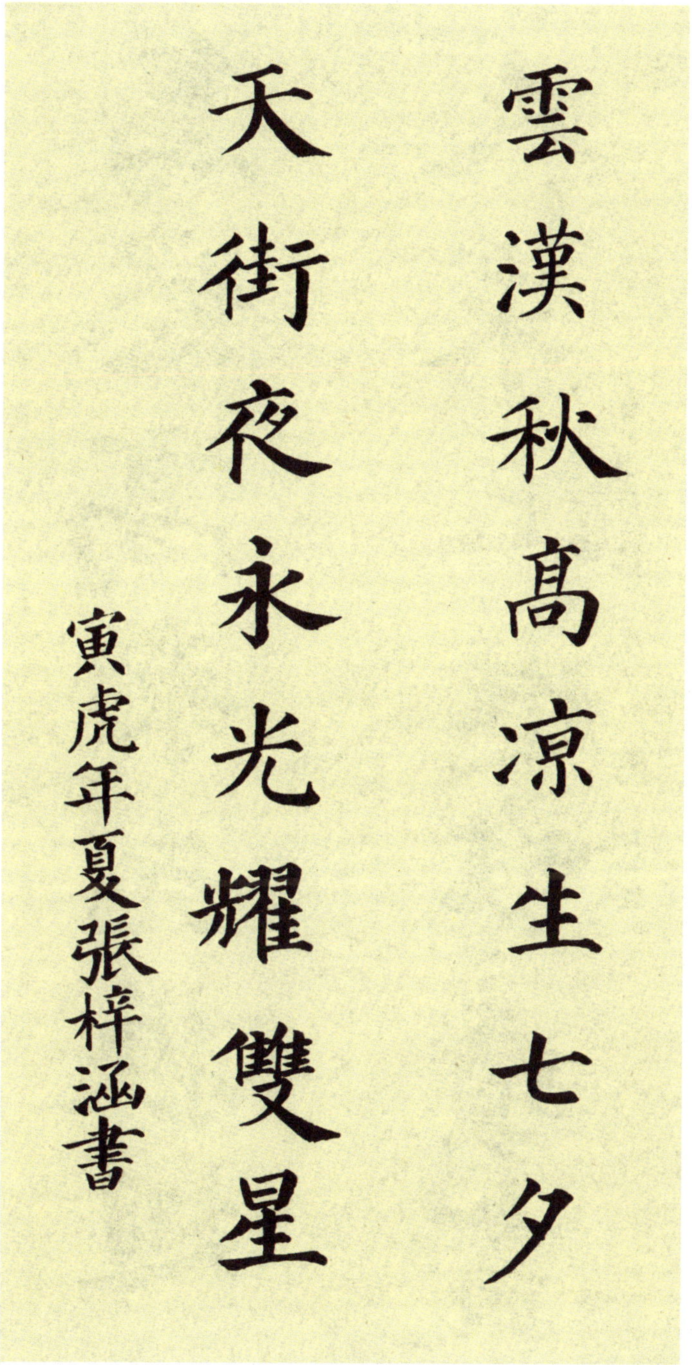

作　者：张梓涵

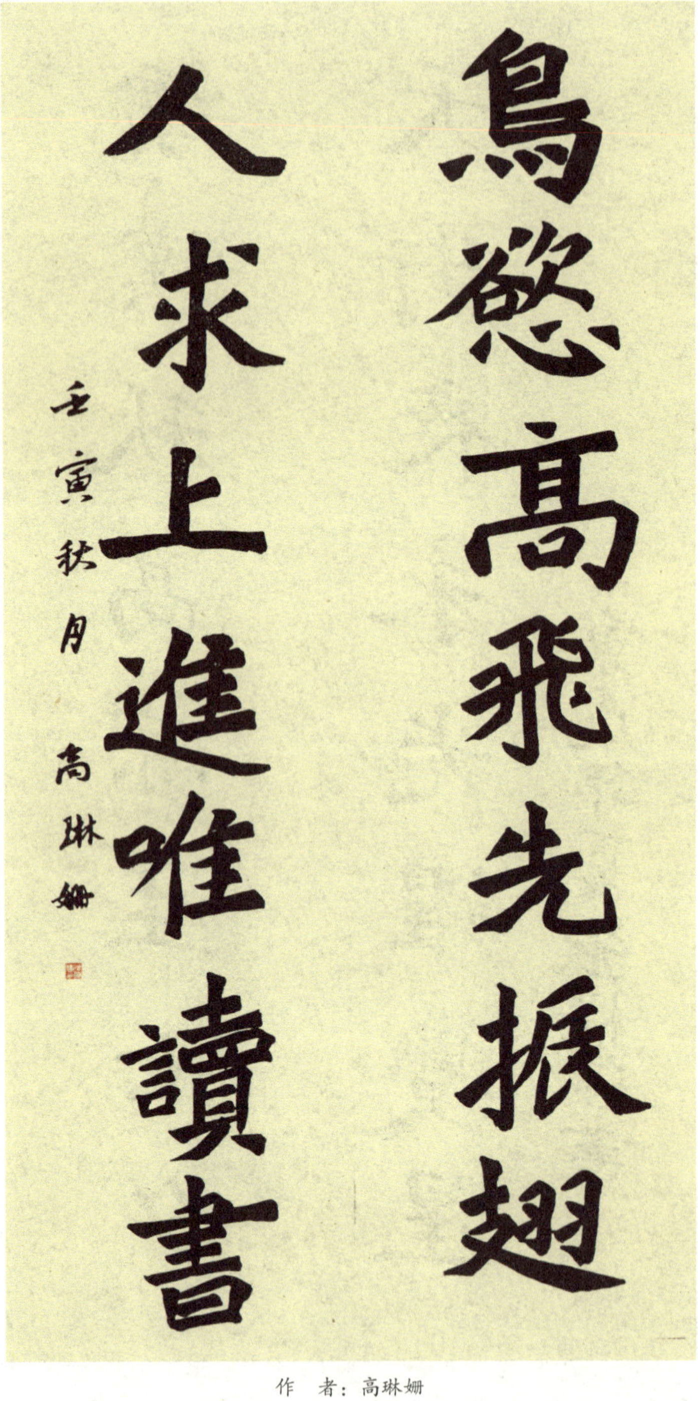

作　者：高琳姗

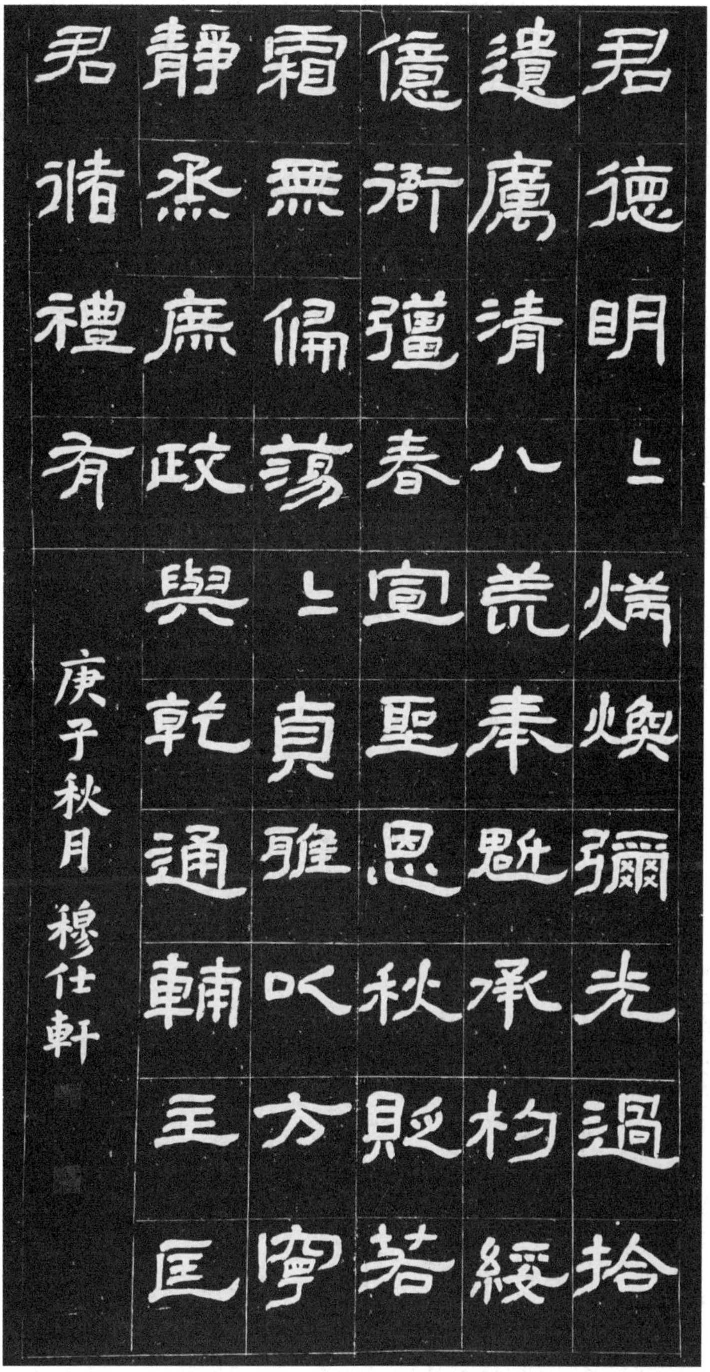
君德明明炳煥彌光過拾
遺厲清八荒奉魁承杓綏
億衙彊春宣聖恩秋貶若
霜無偏蕩蕩貞雖以方寧
靜烝庶政與乾通輔主匡
君循禮有
庚子秋月 穆仕軒

作　者：穆仕轩

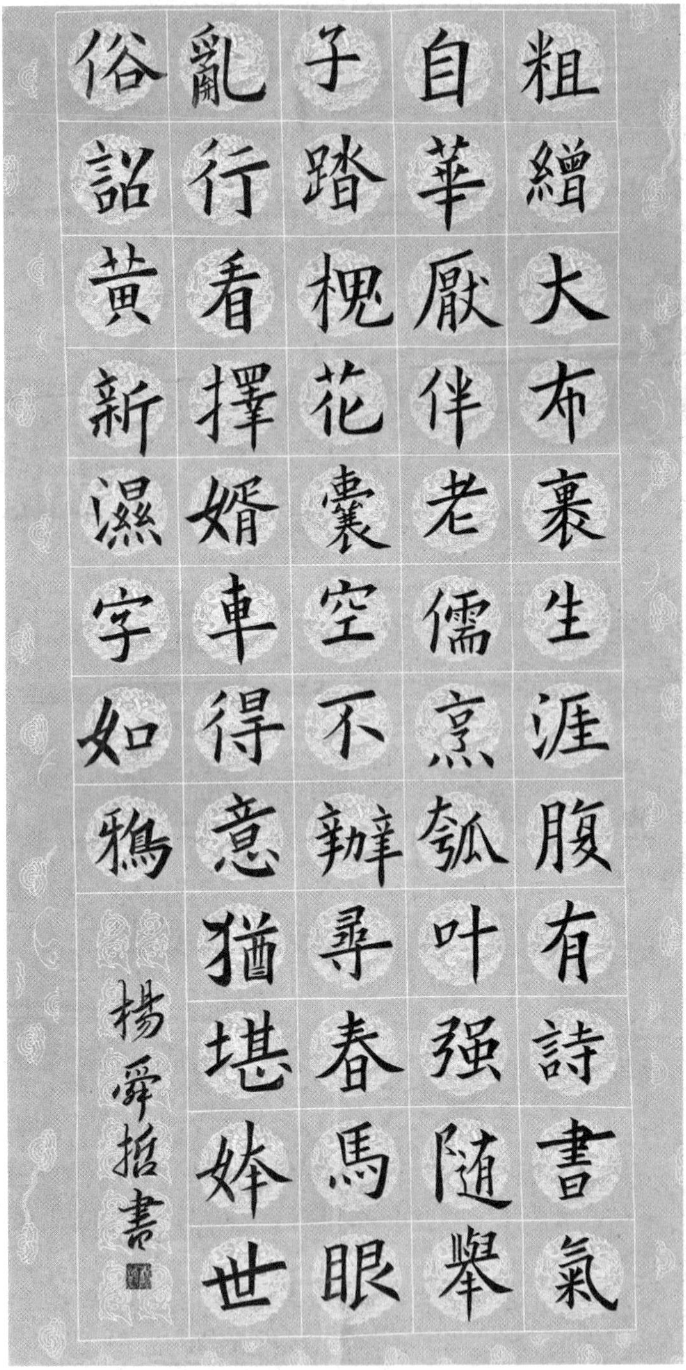
粗繒大布裹生涯腹有詩書氣
自華厭伴老儒烹瓠叶强隨舉
子踏槐花囊空不辦尋春馬眼
亂行看擇婿車得意猶堪誇世
俗詔黃新濕字如鴉
楊舜哲書

作　者：杨舜哲

书法硬笔作品

小学组

独立寒秋湘江北去橘子洲
头看万山红遍层林尽染漫
江碧透百舸争流鹰击长空
鱼翔浅底万物霜天竞自由
怅寥廓问苍茫大地谁主沉
浮携来百侣曾游忆往昔峥
嵘岁月稠恰同学少年风华
正茂书生意气挥斥方遒指
点江山激扬文字粪土当年
万户侯曾记否到中流击水
浪遏飞舟北国风光千里冰
封万里雪飘望长城内外惟
馀莽莽大河上下顿失滔滔
山舞银蛇原驰蜡象欲与天
公试比高须晴日看红妆素
裹分外妖娆江山如此多娇
引无数英雄竞折腰惜秦皇
汉武略输文采唐宗宋祖稍
逊风骚一代天骄成吉思汗
只识弯弓射大雕俱往矣数
风流人物还看今朝
毛泽东词两首壬寅秋郭晨熙书

作　者：郭晨熙

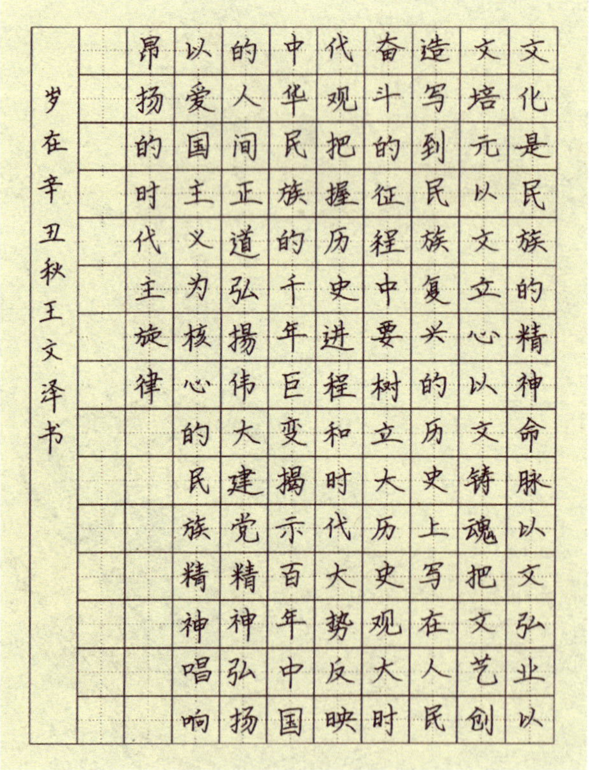
文化是民族的精神命脉以文弘业以
文培元以文立心以文铸魂把文艺创
造写到民族复兴的历史上写在人民
奋斗的征程中要树立大历史观大时
代观把握历史进程和时代大势反映
中华民族的千年巨变揭示百年中国
的人间正道弘扬伟大建党精神弘扬
以爱国主义为核心的民族精神唱响
昂扬的时代主旋律
岁在辛丑秋王文泽书

作　者：王文泽

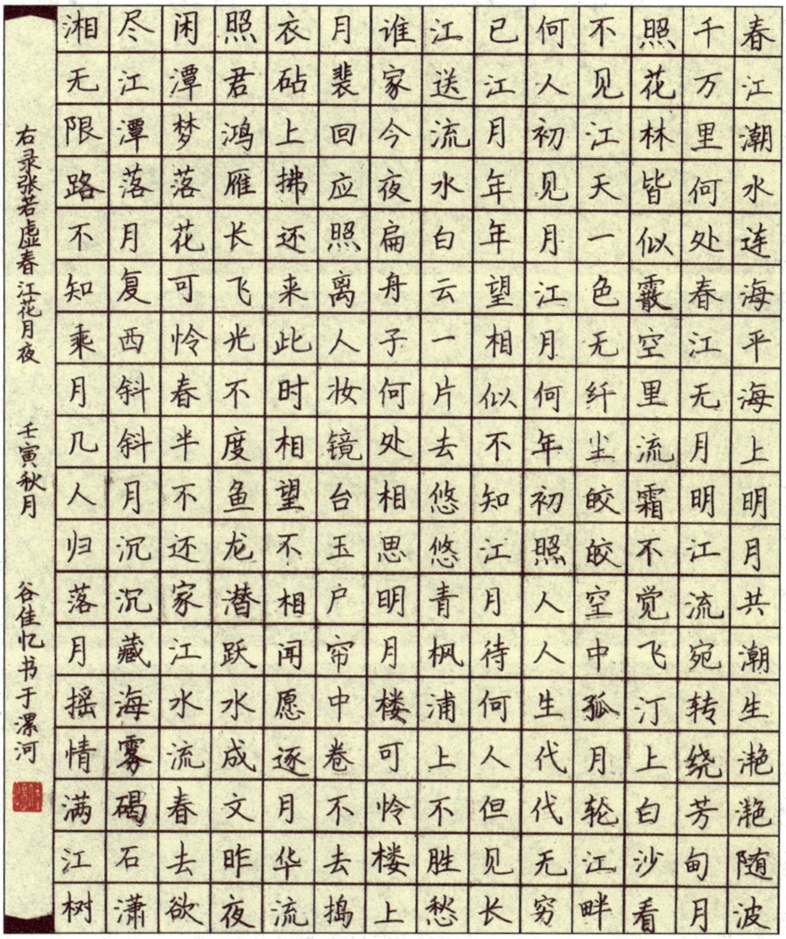
春江潮水连海平海上明月共潮生滟滟随波
千万里何处春江无月明江流宛转绕芳甸月
照花林皆似霰空里流霜不觉飞汀上白沙看
不见江天一色无纤尘皎皎空中孤月轮江畔
何人初见月江月何年初照人人生代代无穷
已江月年年望相似不知江月待何人但见长
江送流水白云一片去悠悠青枫浦上不胜愁
谁家今夜扁舟子何处相思明月楼可怜楼上
月裴回应照离人妆镜台玉户帘中卷不去捣
衣砧上拂还来此时相望不相闻愿逐月华流
照君鸿雁长飞光不度鱼龙潜跃水成文昨夜
闲潭梦落花可怜春半不还家江水流春去欲
尽江潭落月复西斜斜月沉沉藏海雾碣石潇
湘无限路不知乘月几人归落月摇情满江树
右录张若虚春江花月夜 壬寅秋月 谷佳忆书于漯河

作　者：谷佳忆

我从小就十分喜欢读书每次走进书的世界就像遨游在广阔的知识海洋中尽情地探索着无穷的奥秘它让我充分地领略了文学和知识的魅力高尔基曾说过读一本书就像与一个道德高尚的人交谈其实我的所有知识也正是这位道德高尚的人教给我的记得二年级我不小心打破了一个

玻璃器害怕极了正不知如何向妈妈交待时忽然我想到名人故事这本书中列宁到小姑姑家做客不小心打破了漂亮的花瓶他勇敢地向姑姑承认了错误也受到母亲表扬的故事我便将碎片收拾好主动地向妈妈承认了错误果然妈妈不但没有批评我反而夸我很诚实我很高兴从此读书的

兴趣更加浓厚了各种各样的书都有各自的用处比如童话书上的一个个情节曲折的故事带给我很多的启示和道理告诉我做人的道理历史书记录着古代的故事让我达到处今而知古的境界我喜欢读书读书能陶治个性亦能修身养性德润人心

岁在壬寅秋

三小梦洁书

作　者：杜梦洁

我爱祖国十月的花

我爱祖国十月的花，
她无比灿烂辉煌。
因为她在我心中，
有56种芬芳——
啊，这芬芳在我心中四季难忘，
从春天北方的桃花吐艳，
到严冬海南的稻花飘香。
从炎夏荔枝满树的福建山村，
到秋天葡萄成熟的吐鲁番果香……
天天有彩花开放，
季季有丰收在望。
在这些芬芳里，
我看到绚丽的景象——
还有她的雪白和碧绿，
美如黎明的晴空。
未来的希望……

作者：文豪

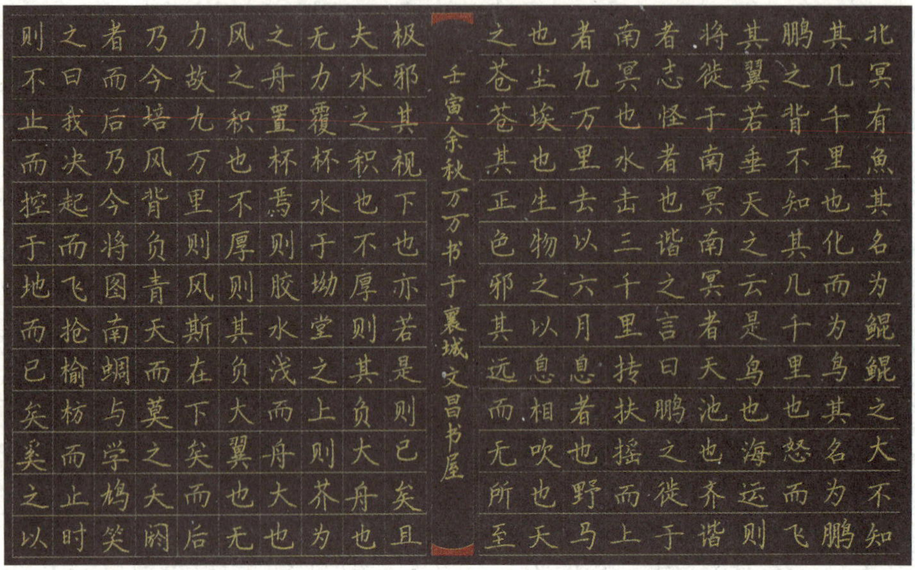
北冥有魚其名为鯤鯤之大不知
其几千里也化而为鸟其名为鹏
鹏之背不知其几千里也怒而飞
其翼若垂天之云是鸟也海运则
将徙于南冥南冥者天池也齐谐
者志怪者也谐之言曰鹏之徙于
南冥也水击三千里抟扶摇而上
者九万里去以六月息者也野马
也尘埃也生物之以息相吹也天
之苍苍其正色邪其远而无所至
壬寅余秋万万书于襄城文昌书屋
极邪其视下也亦若是则已矣且
夫水之积也不厚则其负大舟也
无力覆杯水于坳堂之上则芥为
之舟置杯焉则胶水浅而舟大也
风之积也不厚则其负大翼也无
力故九万里则风斯在下矣而后
乃今培风背负青天而莫之夭阏
者而后乃今将图南蜩与学鸠笑
之曰我决起而飞抢榆枋而止时
则不止而控于地而已矣奚之以

作　者：万　万

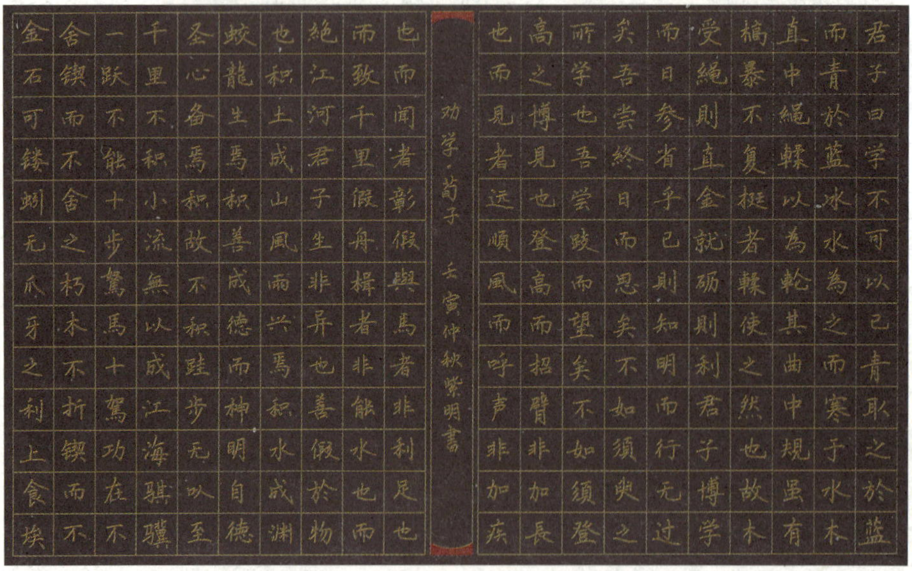
君子曰学不可以已青取之於蓝
而青於蓝冰水為之而寒于水木
直中繩輮以為輪其曲中規虽有
槁暴不復挺者輮使之然也故木
受繩則直金就砺則利君子博学
而日参省乎己則知明而行无过
矣吾尝終日而思矣不如須臾之
所学也吾尝跂而望矣不如须登
高之博見也登高而招臂非加長
也而見者远順風而呼声非加疾
劝学·荀子
壬寅仲秋紫明書
也而聞者彰假輿馬者非利足也
而致千里假舟楫者非能水也而
絶江河君子生非异也善假於物
也積土成山風雨兴焉積水成渊
蛟龍生焉積善成德而神明自德
圣心备焉積故不積跬步无以至
千里不積小流無以成江海骐骥
一跃不能十步駑馬十駕功在不
舍锲而不舍之朽木不折锲而不
金石可镂蚓无爪牙之利上食埃

作　者：王紫明

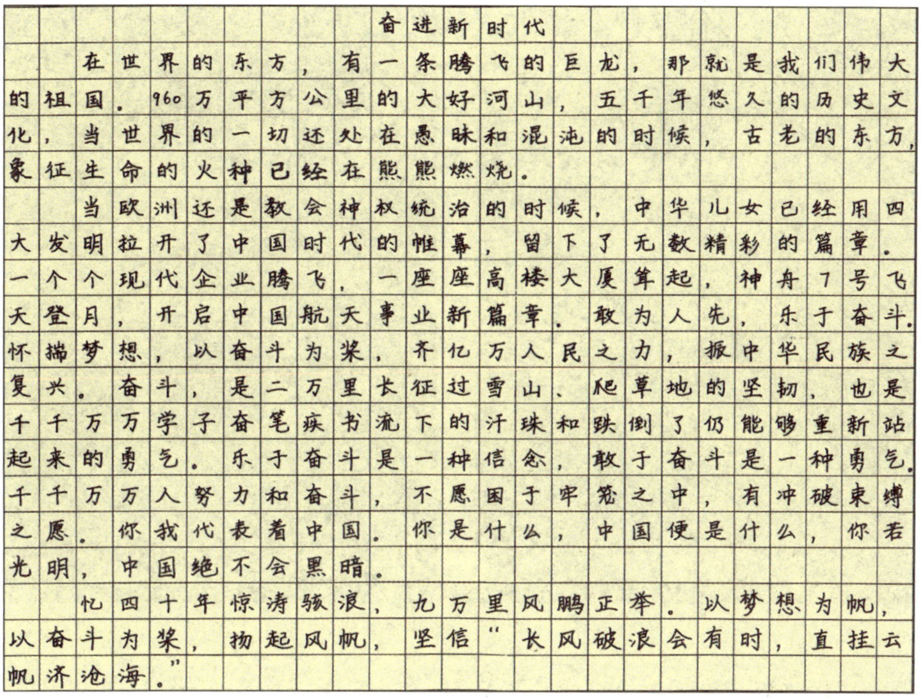

奋进新时代

在世界的东方，有一条腾飞的巨龙，那就是我们伟大的祖国。960万平方公里的大好河山，五千年悠久的历史文化，当世界的一切还处在愚昧和混沌的时候，古老的东方，象征生命的火种已经在熊熊燃烧。

当欧洲还是教会神权统治的时候，中华儿女已经用四大发明拉开了中国时代的帷幕，留下了无数精彩的篇章。一个个现代企业腾飞，一座座高楼大厦耸起，神舟7号飞天登月，开启中国航天事业新篇章。敢为人先，乐于奋斗。怀揣梦想，以奋斗为桨，齐亿万人民之力，振中华民族之复兴。奋斗，是二万里长征过雪山、爬草地的坚韧，也是千千万万学子奋笔疾书流下的汗珠和跌倒了仍能够重新站起来的勇气。乐于奋斗是一种信念，敢于奋斗是一种勇气。千千万万人努力和奋斗，不愿困于牢笼之中，有冲破束缚之愿。你我代表着中国。你是什么，中国便是什么，你若光明，中国绝不会黑暗。

忆四十年惊涛骇浪，九万里风鹏正举。以梦想为帆，以奋斗为桨，扬起风帆，坚信“长风破浪会有时，直挂云帆济沧海。”

作　者：焦靖淋

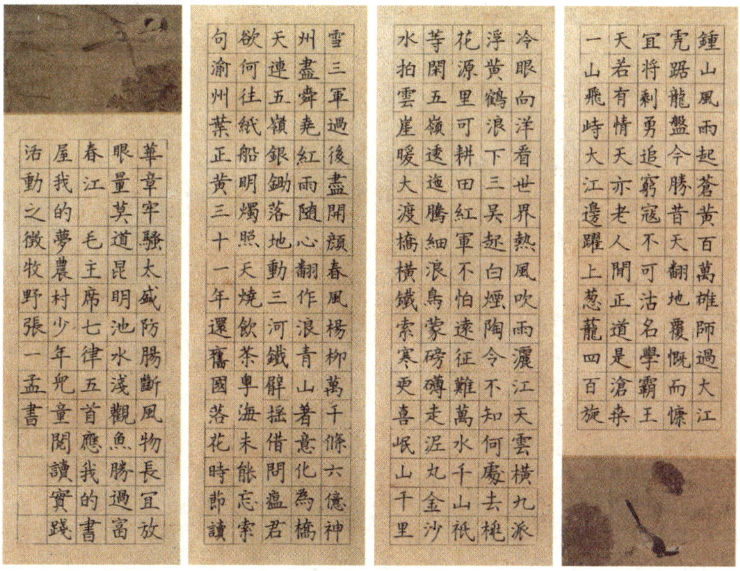

鍾山風雨起蒼黃百萬雄師過大江虎踞龍盤今勝昔天翻地覆慨而慷宜將剩勇追窮寇不可沽名學霸王天若有情天亦老人間正道是滄桑一山飛峙大江邊躍上蔥蘢四百旋冷眼向洋看世界熱風吹雨灑江天雲橫九派浮黃鶴浪下三吳起白煙陶令不知何處去桃花源里可耕田紅軍不怕遠征難萬水千山祇等閑五嶺逶迤騰細浪烏蒙磅礴走泥丸金沙水拍雲崖暖大渡橋橫鐵索寒更喜岷山千里雪三軍過後盡開顏春風楊柳萬千條六億神州盡舜堯紅雨隨心翻作浪青山着意化為橋天連五嶺銀鋤落地動三河鐵臂搖借問瘟君欲何往紙船明燭照天燒飲茶粵海未能忘索句渝州葉正黃三十一年還舊國落花時節讀華章牢騷太盛防腸斷風物長宜放眼量莫道昆明池水淺觀魚勝過富春江

毛主席七律五首應我的書屋我的夢農村少年兒童閱讀實踐活動之徵 牧野張一孟書

作　者：张一孟

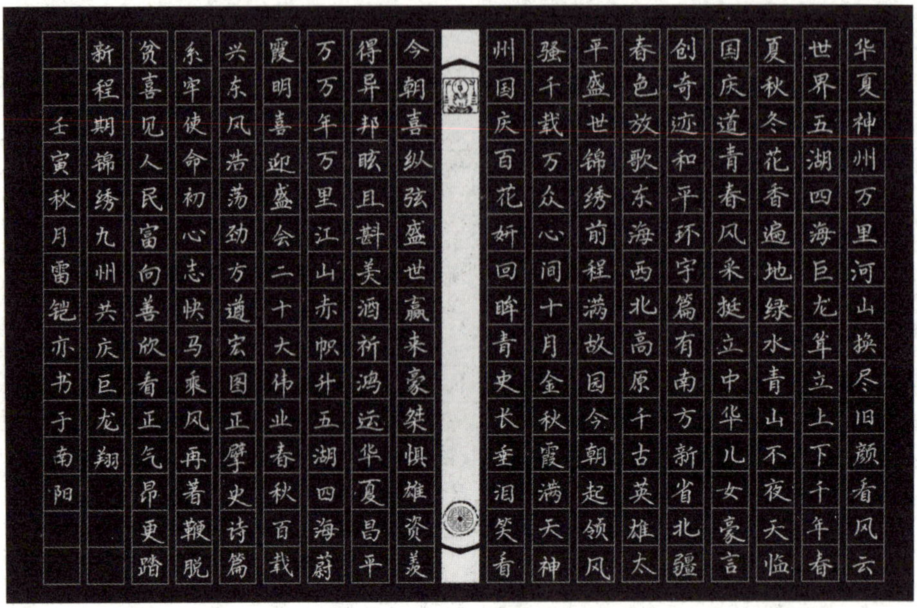
华夏神州万里河山换尽旧颜看风云
世界五湖四海巨龙耸立上下千年春
夏秋冬花香遍地绿水青山不夜天临
国庆道青春风采挺立中华儿女豪言
创奇迹和平环宇篇有南方新省北疆
春色放歌东海西北高原千古英雄太
平盛世锦绣前程满故园今朝起领风
骚千载万众心间十月金秋霞满天神
州国庆百花妍回眸青史长垂泪笑看
今朝喜纵弦盛世赢来豪桀惧雄资羡
得异邦眩且斟美酒祈鸿运华夏昌平
万万年万里江山赤帜升五湖四海蔚
霞明喜迎盛会二十大伟业春秋百载
兴东风浩荡劲方遒宏图正擘史诗篇
系牢使命初心志快马乘风再著鞭脱
贫喜见人民富向善欣看正气昂更踏
新程期锦绣九州共庆巨龙翔
壬寅秋月雷铠亦书于南阳

作　者：雷铠亦

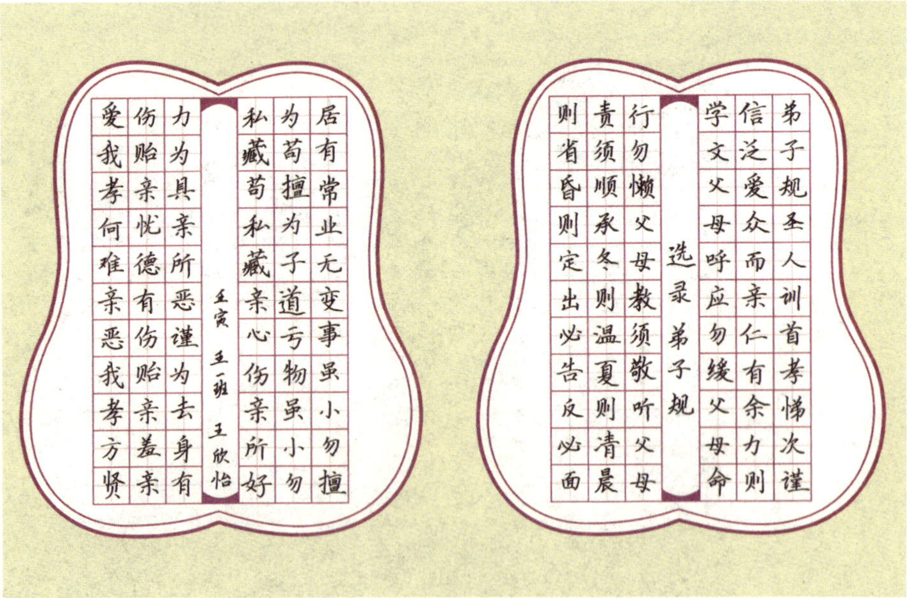
弟子规圣人训首孝悌次谨
信泛爱众而亲仁有余力则
学文父母呼应勿缓父母命
选录弟子规
行勿懒父母教须敬听父母
责须顺承冬则温夏则清晨
则省昏则定出必告反必面
居有常业无变事虽小勿擅
为苟擅为子道亏物虽小勿
私藏苟私藏亲心伤亲所好
壬寅 五一班 王欣怡
力为具亲所恶谨为去身有
伤贻亲忧德有伤贻亲羞亲
爱我孝何难亲恶我孝方贤

作　者：王欣怡

我常想读书人是幸福人因为他除了拥有现实的世界之外还拥
有另一个更为浩瀚也更为丰富的世界现实的世界是人人都有
的而后一个世界却为读书人所独有由此我又想那些失去阅读或
不能读书的人是多么不幸他们的丧失是不可补偿的世间有诸
多的不平等如财富的不平等权力的不平等而阅读能力的有无
却体现为精神的不平等一个人的一生只能经历自己拥有的那
一份欣悦那一份苦难也许再加上她耳闻目睹的周围人的那一
份欣悦那一份苦难然而人们通过读书却能进入不同时空进入
诸多他人的世界这样超越了有限生命的无限可能性不仅多识
了草木之名而且还可以上溯古今下及未来读书人是幸福人读

作　者：李寅萌

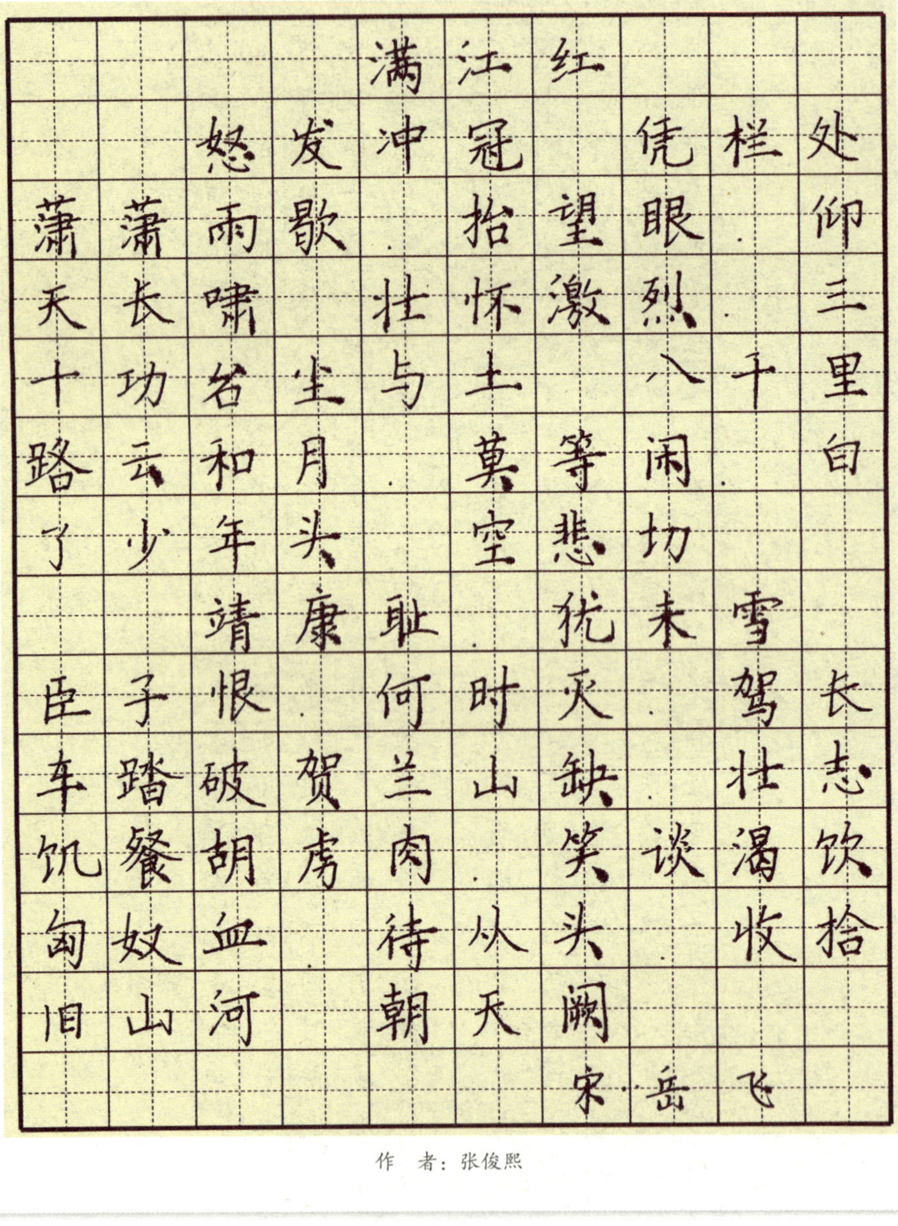
满江红
怒发冲冠凭栏处
潇潇雨歇。抬望眼。仰
天长啸壮怀激烈。三
十功名尘与土八千里
路云和月。莫等闲。白
了少年头空悲切
靖康耻。犹未雪。
臣子恨。何时灭。驾长
车踏破贺兰山缺。壮志
饥餐胡虏肉。笑谈渴饮
匈奴血。待从头。收拾
旧山河朝天阙
宋 岳飞

作 者：张俊熙

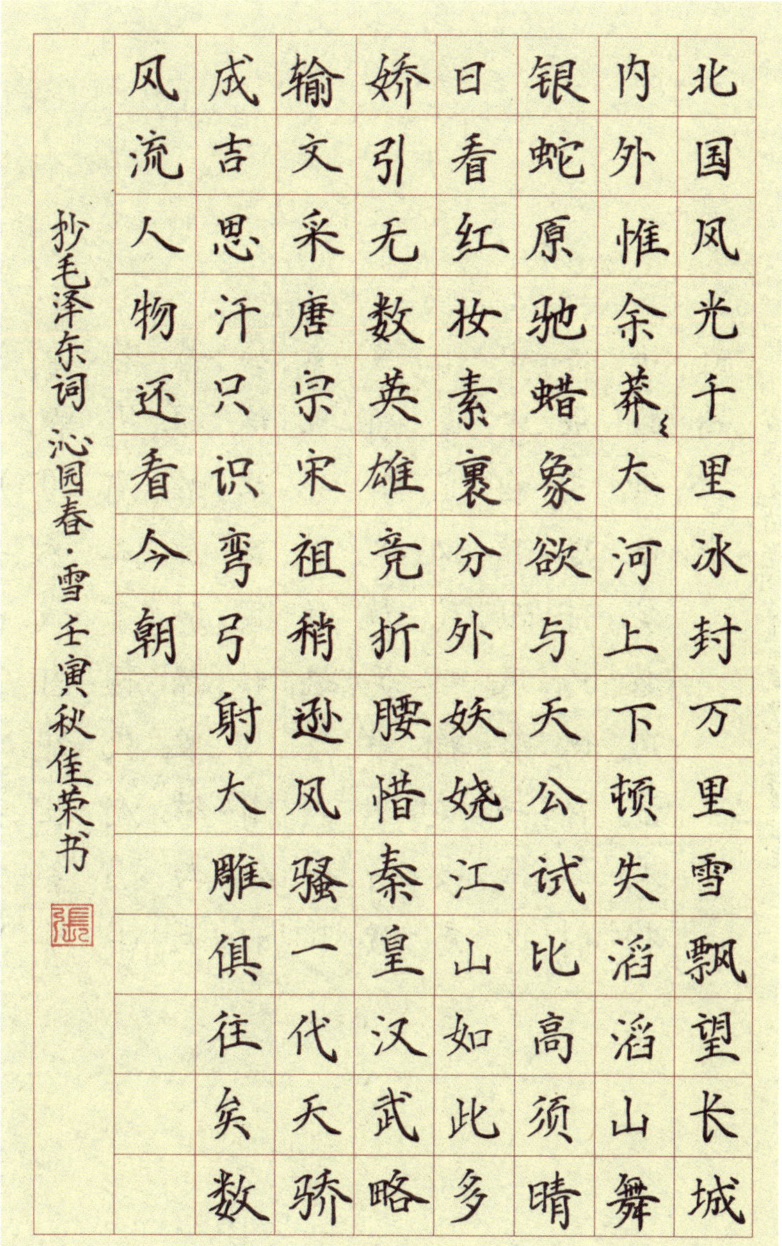
北国风光千里冰封万里雪飘望长城
内外惟余莽莽大河上下顿失滔滔山舞
银蛇原驰蜡象欲与天公试比高须晴
日看红妆素裹分外妖娆江山如此多
娇引无数英雄竞折腰惜秦皇汉武略
输文采唐宗宋祖稍逊风骚一代天骄
成吉思汗只识弯弓射大雕俱往矣数
风流人物还看今朝
抄毛泽东词 沁园春·雪 壬寅秋佳荣书

作　者：张佳荣

北国风光千里冰封万里
雪飘望长城内外惟余莽
莽大河上下顿失滔滔山
舞银蛇原驰蜡象欲与天
公试比高须晴日看红妆
素裹分外妖娆江山如此
多娇引无数英雄竞折腰
惜秦皇汉武略输文采唐
宗宋祖稍逊风骚一代天
骄成吉思汗只识弯弓射
大雕俱往矣数风流人物
还看今朝
右录毛泽东词一首壬寅年秋月张文艳书

作 者：张文艳

书法硬笔作品

中学组

月光如流水一般静静地泻在这一片叶子和花上薄薄的青雾浮起在荷塘里叶子和花仿佛在牛乳中洗过一样又像笼着轻纱的梦虽然是满月天上却有一层淡淡的云所以不能朗照但我以为这恰是到了好处酣眠固不可少小睡也别有风味的月光是隔了树照过来的高处丛生的灌木落下参差的斑驳的黑影峭楞楞如鬼一般弯弯的杨柳的稀疏的倩影却又像是画在荷叶上塘中月色并不均匀但光与影有着和谐的旋律如梵婀玲上奏着的名曲荷塘的四面远远近近高高低低都是树而杨柳最多

节录朱自清荷塘月色 李冰书

作　者：李　冰

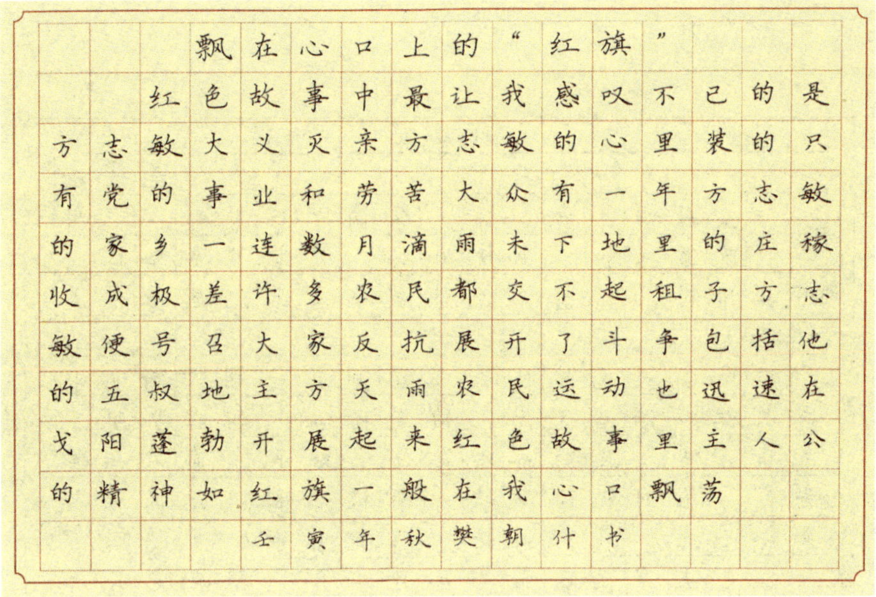

飘在心口上的"红旗"

红色故事中最让我感叹不已的是
方志敏大义灭亲方志敏的心里装的只
有党的事业和劳苦大众有一年方志敏
的家乡一连数月滴雨未下地里的庄稼
收成极差许多农民都交不起租子方志
敏便号召大家反抗展开了斗争包括他
的五叔地主方天雨农民运动也迅速在
戈阳蓬勃开展起来红色故事里主人公
的精神如红旗一般在我心口飘荡
壬寅年秋樊朝什书

作　者：樊朝什

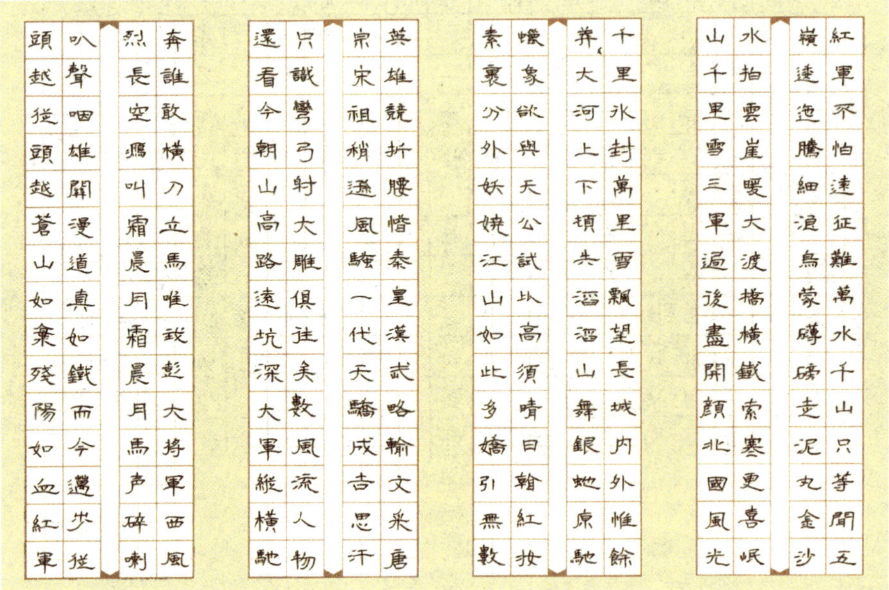

紅軍不怕遠征難萬水千山只等閒五
嶺逶迤騰細浪烏蒙磅礴走泥丸金沙
水拍雲崖暖大渡橋橫鐵索寒更喜岷
山千里雪三軍過後盡開顏北國風光
千里冰封萬里雪飄望長城內外惟餘
莽大河上下頓失滔滔山舞銀蛇原馳
蠟象欲與天公試比高須晴日看紅妝
素裹分外妖嬈江山如此多嬌引無數
英雄競折腰惜秦皇漢武略輸文采唐
宗宋祖稍遜風騷一代天驕成吉思汗
只識彎弓射大雕俱往矣數風流人物
還看今朝山高路遠坑深大軍縱橫馳
奔誰敢橫刀立馬唯我彭大將軍西風
烈長空雁叫霜晨月霜晨月馬声碎喇
叭聲咽雄關漫道真如鐵而今邁步從
頭越從頭越蒼山如海殘陽如血紅軍

作　者：李欣蔚

岳阳楼记

宋·范仲淹

庆历四年春，滕子京谪守巴陵郡。越明年，政通人和，百废具兴，乃重修岳阳楼，增其旧制，刻唐今人诗赋于其上，属予作文以记之。

予观夫巴陵胜状，在洞庭一湖。衔远山，吞长江，浩浩汤汤，横无际涯，朝晖夕阴，气象万千，此则岳阳楼之大观也，前人之述备矣。然则北通巫峡，南极潇湘，迁客骚人，多会于此，览物之情，得无异乎？

若夫淫雨霏霏，连月不开，阴风怒号，浊浪排空，日星隐曜，山岳潜形，商旅不行，樯倾楫摧，薄暮冥冥，虎啸猿啼。登斯楼也，则有去国怀乡，忧谗畏讥，满目萧然，感极而悲者矣。

至若春和景明，波澜不惊，上下天光，一碧万顷，沙鸥翔集，锦鳞游泳，岸芷汀兰，郁郁青青。而或长烟一空，皓月千里，浮光跃金，静影沉璧，渔歌互答，此乐何极！登斯楼也，则有心旷神怡，宠辱偕忘，把酒临风，其喜洋洋者矣。

嗟夫！予尝求古仁人之心，或异二者之为，何哉？不以物喜，不以己悲，居庙堂之高则忧其民，处江湖之远则忧其君。是进亦忧，退亦忧。然则何时而乐耶？其必曰"先天下之忧而忧，后天下之乐而乐"乎！噫！微斯人，吾谁与归？时六年九月十五日。

作　者：郭子皓

春江潮水連海平海上明月共潮生灩灩隨波
千萬里何处春江無月明江流宛轉遶芳甸月
照花林皆似霰空裏流霜不覺飛汀上白沙看
不見江天一色無纖塵皎皎空中孤月輪江畔
何人初見月江月何年初照人人生代代無窮
已江月年年望相似不知江月待何人但見長
江送流水白雲一片去悠悠青楓浦上不勝愁
誰家今夜扁舟子何處相思明月樓可憐樓上
月徘徊應照離人妝鏡臺玉户簾中卷不去搗
衣砧上拂還來此時相望不相聞願逐月華流
照君鴻雁長飛光不度魚龍潛躍水成文昨夜
閑潭夢落花可憐春半不還家江水流春去欲
盡江潭落月復西斜斜月沈沈藏海霧碣石瀟
湘無限路不知乘月幾人歸落月搖情滿江樹
右録張若虛春江花月夜 歲在壬寅秋月孫妙琰書

作　者：孙妙琰

振动梦想的脚步，去追！

蜗牛缓缓地向着金字塔的顶端爬行，纵然烈日当头，因为蜗牛相信，我虽然没有鹰的矫健，但毅力是我最大的天赋；蜘蛛没有翅膀却可以把网结在空中，因为蜘蛛相信，梦想是最好的翅膀；叶子在风雨中飘摇却依然坚守在枝头，因为叶子相信一生执著的绿一定会换来一个金色的秋天。而我相信，为梦想插上翅膀，就一定可以冲上云霄。

也许路旁的花会笑我，那么累干嘛，你不过在徒劳罢了。也许空中的鸟会笑我，飞翔是要有天分的。也许空中的云会笑我，你和我比还差得远哩。不过，我会用微笑告诉他们，是会有太多的坎坷，但我相信天道酬勤。

那个被老师认为是低智商、被学校开除的孩子不也通过自己的努力成为"发明大王"了吗？那个屡次遭到编辑部退稿，穷困潦倒到只得到一只老鼠为伴的人，不也最终成为享誉世界的动漫创作人吗！那个渴望成为模特，却被模特公司拒之门外的女孩，不也最终成为令人瞩目的艺人吗！想到这里，我更加坚信自己的梦想。

姚明告诉我们："机会转瞬即逝，努力了不一定成功，但放弃了就一定失败。"郎丽华告诉我们："命运掌握在每一个人自己手中，没有人可以打倒我们。"

有谁会想到，那百米的距离不再成为中国与世界的距离，那九重阻拦不再成为中国人前进的阻拦，可刘翔说："我本就是要拿冠军。"刘翔的自信为梦想创造了可能，他的拼搏努力，让中国的国旗飘扬在世界上空。

没有任何一个时刻会让中国人这么长久地仰望天空，深蓝色的天空中，我们在寻找两双眼睛。115个小时的太空漫游，成就了多少炎黄子孙所渴望的飞天梦。那一刻，我们可以骄傲地说敦煌壁画中的飞天成了现实，这是我们所有人努力的结果。

我告诉自己，有梦想就去追。

振动梦想的脚步，去追！

作　者：吴路阳

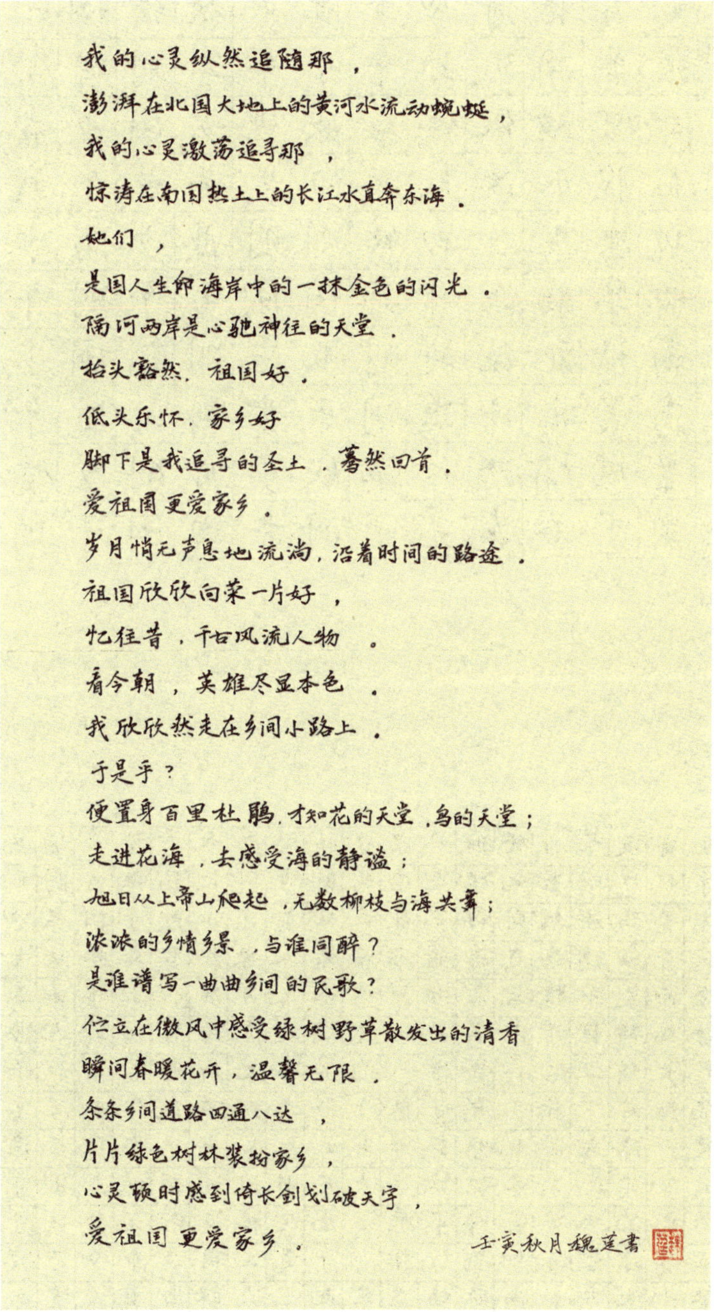
我的心灵纵然追随那，
澎湃在北国大地上的黄河水流动蜿蜒，
我的心灵激荡追寻那，
惊涛在南国热土上的长江水直奔东海。
她们，
是国人生命海岸中的一抹金色的闪光。
隔河两岸是心驰神往的天堂。
抬头豁然，祖国好。
低头乐怀，家乡好
脚下是我追寻的圣土，蓦然回首，
爱祖国更爱家乡。
岁月悄无声息地流淌，沿着时间的路途。
祖国欣欣向荣一片好，
忆往昔，千古风流人物。
看今朝，英雄尽显本色。
我欣欣然走在乡间小路上。
于是乎？
便置身百里杜鹃，才知花的天堂，鸟的天堂；
走进花海，去感受海的静谧；
旭日从上帝山爬起，无数柳枝与海共舞；
浓浓的乡情乡景，与谁同醉？
是谁谱写一曲曲乡间的民歌？
伫立在微风中感受绿树野草散发出的清香
瞬间春暖花开，温馨无限。
条条乡间道路四通八达，
片片绿色树林装扮家乡，
心灵顿时感到倚长剑划破天宇，
爱祖国更爱家乡。
壬寅秋月魏莛書

作　者：魏莛

故今日之责任不在他人
而全在我少年少年智则
国智少年富则国富少年
强则国强少年独立则国
独立少年自由则国自由
少年进步则国进步少年
胜于欧洲则国胜于欧洲
少年雄于地球则国雄于
地球红日初升其道大光
河出伏流一泻汪洋潜龙
腾渊鳞爪飞扬乳虎啸谷
百兽震惶鹰隼试翼风尘
吸张奇花初胎矞矞皇皇
干将发硎有作其芒天戴

作　者：王悦珂

岳阳楼记
范仲淹
庆历四年春滕子京谪守巴陵郡
越明年政通人和百废俱兴乃重
修岳阳楼增其旧制刻唐贤今人
诗赋于其上属予作文以记之予观
夫巴陵胜状在洞庭一湖衔远山
吞长江浩浩汤汤横无际涯朝晖
夕阴气象万千此则岳阳楼之大
观也前人之述备矣然则北通巫
峡南极潇湘迁客骚人多会于此
览物之情得无异乎若夫淫雨霏
霏连月不开阴风怒号浊浪排空
日星隐曜山岳潜形商旅不行樯
倾楫摧薄暮冥冥虎啸猿啼登斯
楼也则有去国怀乡忧谗畏讥满
目萧然感极而悲者矣至若春和
景明波澜不惊上下天光一碧万
顷沙鸥翔集锦鳞游泳岸芷汀兰
郁郁青青而或长烟一空皓月千
里浮光跃金静影沉璧渔歌互答

作　者：习文悦

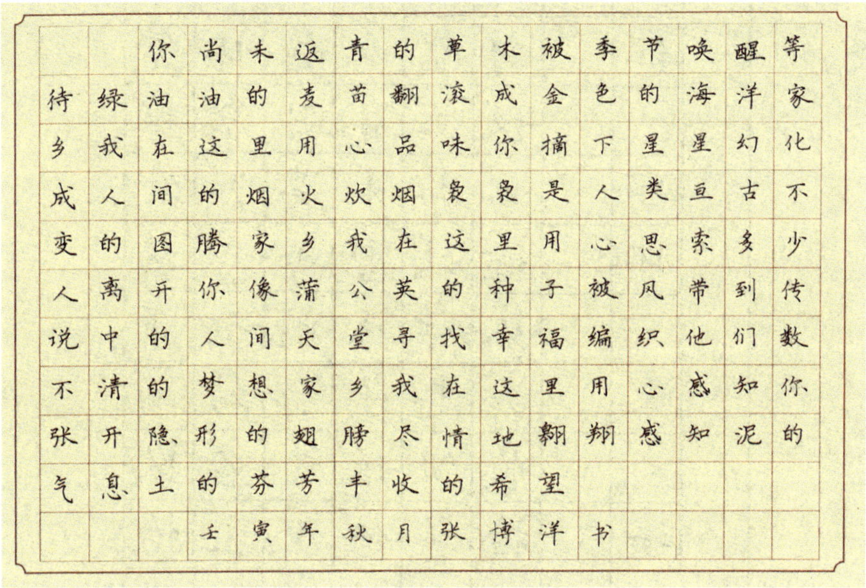
你尚未返青的草木被季节唤醒等
待绿油油的麦苗翻滚成金色的海洋家
乡我在这里用心品味你摘下星星幻化
成人间的烟火炊烟袅袅是人类亘古不
变的图腾家乡我在这里用心思索多少
人离开你像蒲公英的种子被风带到传
说中的人间天堂寻找幸福编织他们数
不清的梦想家乡我在这里用心感知你
张开隐、形的翅膀尽情地翻翔感知泥的
气息、土的芬芳丰收的希望
壬寅年秋月张博洋书

作　者：张博洋

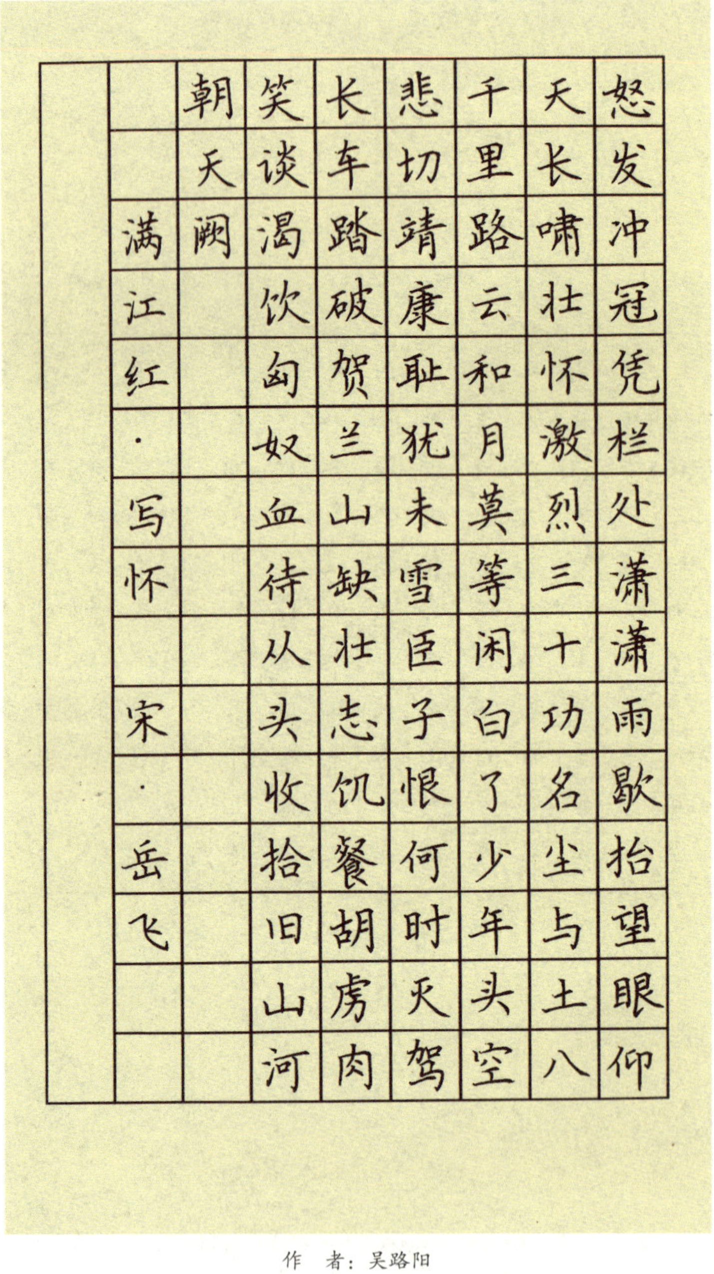
怒发冲冠凭栏处潇潇雨歇抬望眼仰
天长啸壮怀激烈三十功名尘与土八
千里路云和月莫等闲白了少年头空
悲切靖康耻犹未雪臣子恨何时灭驾
长车踏破贺兰山缺壮志饥餐胡虏肉
笑谈渴饮匈奴血待从头收拾旧山河
朝天阙
满江红·写怀 宋·岳飞

作　者：吴路阳

君不见黄河之水天上来奔流到海不复回君不见高
堂明镜悲白发朝如青丝暮成雪人生得意须尽欢莫
使金樽空对月天生我材必有用千金散尽还复来烹
羊宰牛且为乐会须一饮三百杯岑夫子丹丘生将进
酒杯莫停与君歌一曲请君为我倾耳听钟鼓馔玉不
足贵但愿长醉不复醒古来圣贤皆寂寞惟有饮者留
其名陈王昔时宴平乐斗酒十千恣欢谑主人何为言
少钱径须沽取对君酌五花马千金裘呼儿将出换美
酒与尔同销万古愁君不见黄河之水天上来奔流到
海不复回君不见高堂明镜悲白发朝如青丝暮成雪
人生得意须尽欢莫使金樽空对月天生我材必有用
録李白将進酒壬寅秋月張鑫源書

作　者：张鑫源

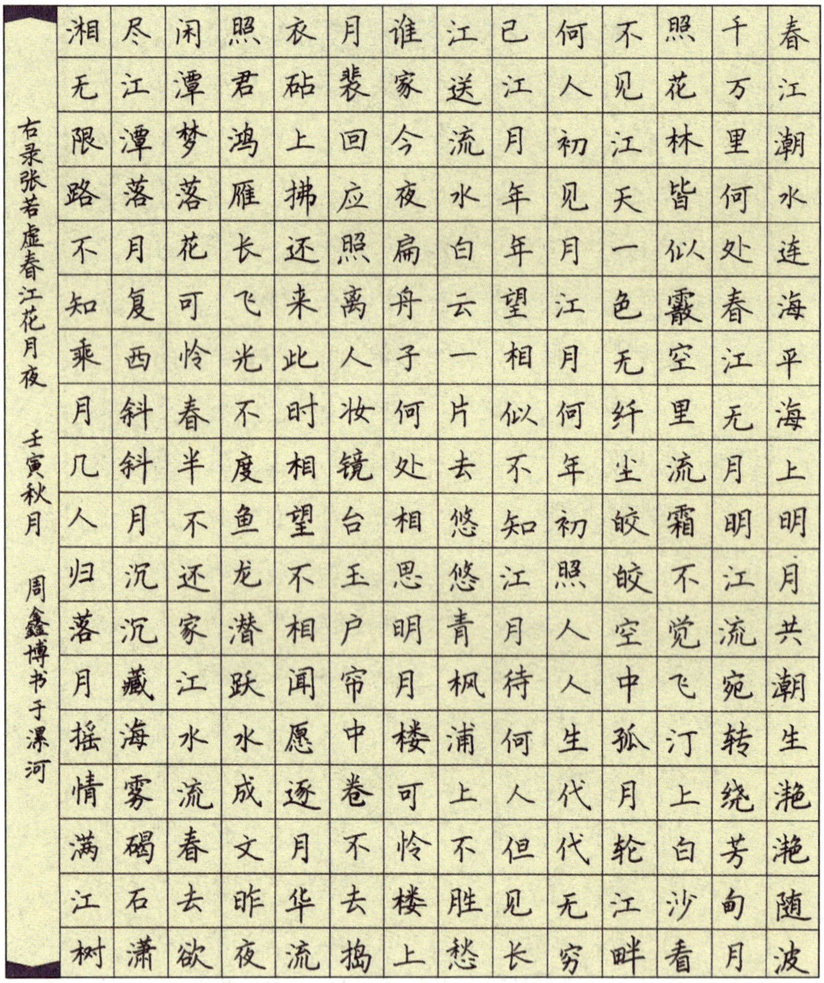
春江潮水连海平海上明月共潮生滟滟随波
千万里何处春江无月明江流宛转绕芳甸月
照花林皆似霰空里流霜不觉飞汀上白沙看
不见江天一色无纤尘皎皎空中孤月轮江畔
何人初见月江月何年初照人人生代代无穷
已江月年年望相似不知江月待何人但见长
江送流水白云一片去悠悠青枫浦上不胜愁
谁家今夜扁舟子何处相思明月楼可怜楼上
月裴回应照离人妆镜台玉户帘中卷不去捣
衣砧上拂还来此时相望不相闻愿逐月华流
照君鸿雁长飞光不度鱼龙潜跃水成文昨夜
闲潭梦落花可怜春半不还家江水流春去欲
尽江潭落月复西斜斜月沉沉藏海雾碣石潇
湘无限路不知乘月几人归落月摇情满江树
古录张若虚春江花月夜 壬寅秋月 周鑫博书于漯河

作　者：周鑫博

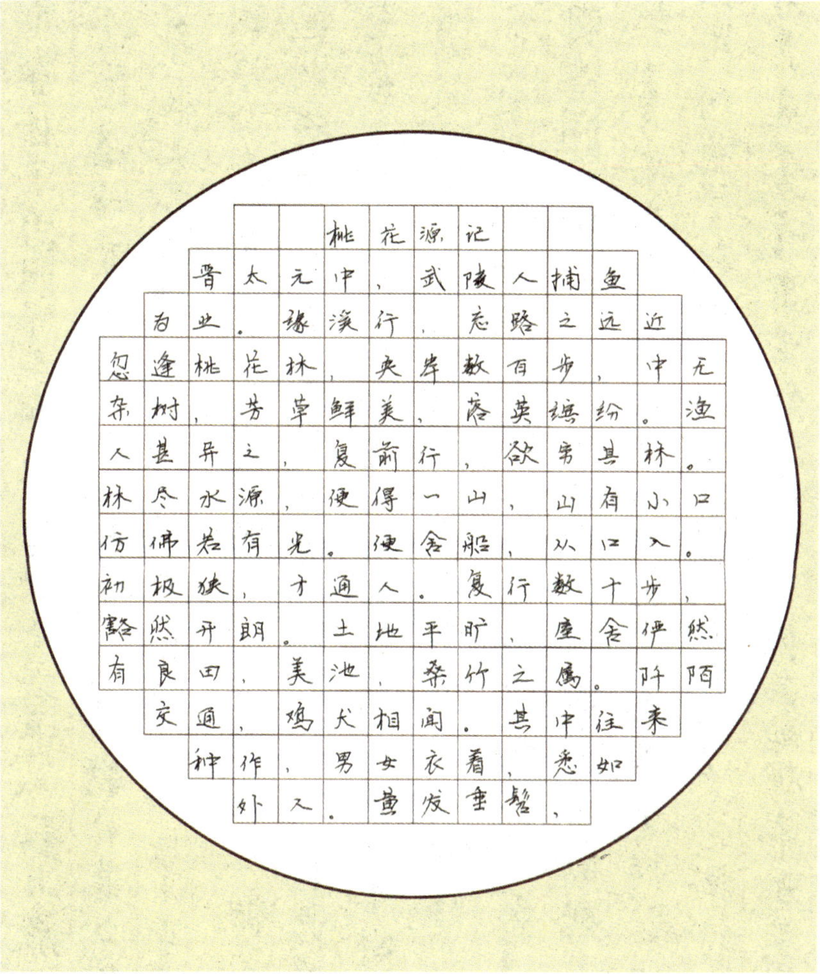
桃花源记
晋太元中，武陵人捕鱼
为业。缘溪行，忘路之远近
忽逢桃花林，夹岸数百步，中无
杂树，芳草鲜美，落英缤纷。渔
人甚异之，复前行，欲穷其林。
林尽水源，便得一山，山有小口
仿佛若有光。便舍船，从口入。
初极狭，才通人。复行数十步，
豁然开朗。土地平旷，屋舍俨然
有良田，美池桑竹之属。阡陌
交通，鸡犬相闻。其中往来
种作，男女衣着，悉如
外人。黄发垂髫，

作　者：左紫云

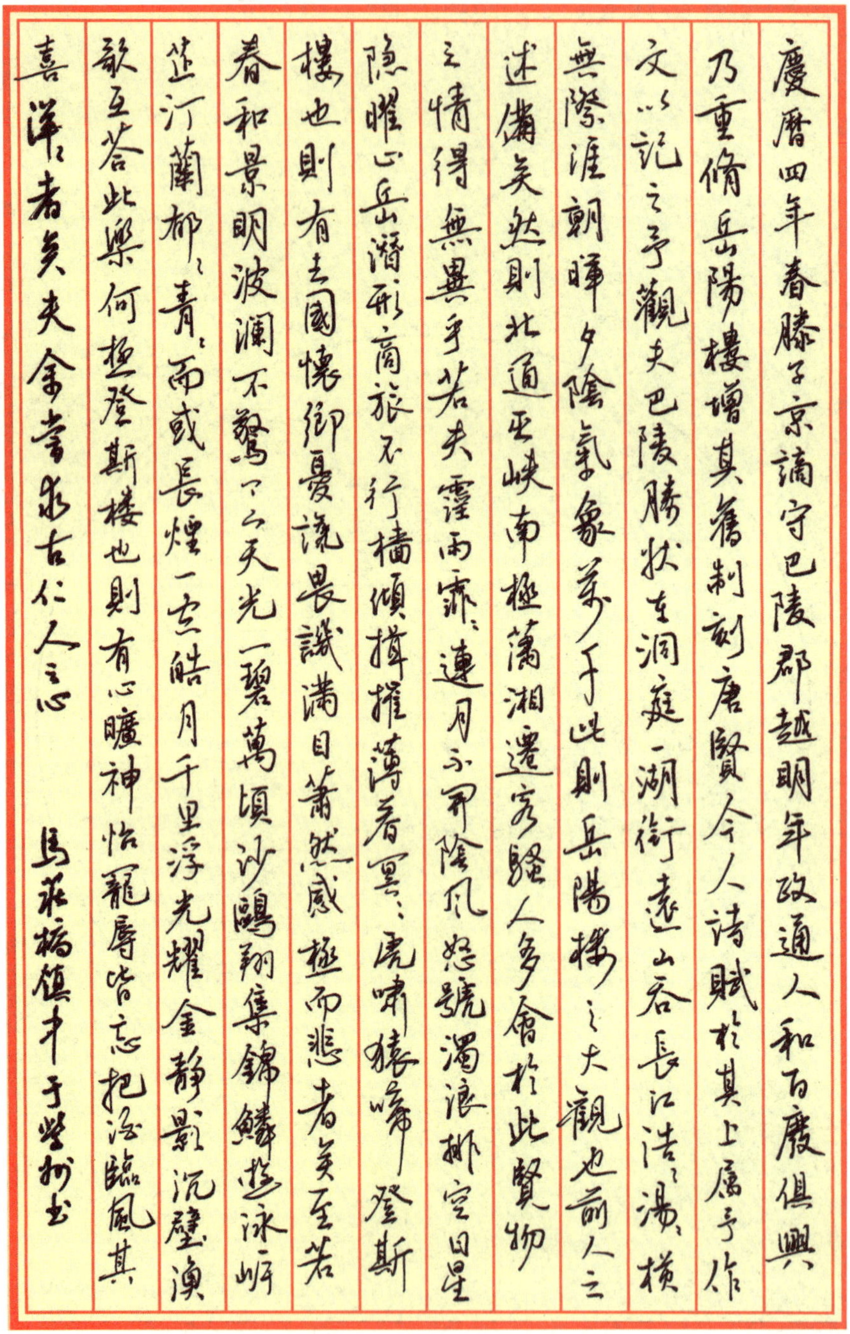
慶曆四年春滕子京謫守巴陵郡越明年政通人和百廢俱興
乃重修岳陽樓增其舊制刻唐賢今人詩賦於其上屬予作
文以記之予觀夫巴陵勝狀在洞庭一湖銜遠山吞長江浩浩湯湯橫
無際涯朝暉夕陰氣象萬千此則岳陽樓之大觀也前人之
述備矣然則北通巫峽南極瀟湘遷客騷人多會於此覽物
之情得無異乎若夫霪雨霏霏連月不開陰風怒號濁浪排空日星
隱曜山岳潛形商旅不行檣傾楫摧薄暮冥冥虎嘯猿啼登斯
樓也則有去國懷鄉憂讒畏譏滿目蕭然感極而悲者矣至若
春和景明波瀾不驚上下天光一碧萬頃沙鷗翔集錦鱗游泳岸
芷汀蘭郁郁青青而或長煙一空皓月千里浮光耀金靜影沉璧漁
歌互答此樂何極登斯樓也則有心曠神怡寵辱皆忘把酒臨風其
喜洋洋者矣夫余嘗求古仁人之心
馬莊橋鎮中于紫州書

作　者：于紫州

绘画作品

作　者：柴钰源

作　者：樊凌菲

作　者：常语彤

作　者：陈雅菲

作 者：杜雅静

作　者：范子涵

作　者：高如悦

作　者：黄嘉佑

作　者：侯钰哲

作　者：胡梓涵

作　者：黄子悦

作　者：季静瑶

作　者：贾雨彤

作　者：姜皓文

作　者：靳骐瑄

作　者：李玟娴

作　者：刘家辰

作　者：刘雪茹

作　者：梁景祺

作　者：刘正好

作　者：王心茹

作　者：欧玥瑶

作　者：彭婕妤

作　者：史智琪

作　者：彭玥嘉

作　者：王怡涵

作　者：肖　楠

作　者：闫辰旭

作　者：尹少泽

作　者：徐俪豪

作　者：闫　荔

作　者：闫若研

作　者：姚恒博

作　者：谢佳岑

作　者：张嘉轩

作　者：张芯语

作　者：张津绮

作　者：赵佳萱

作　者：赵薛彤

手抄报作品

我的书屋
我的梦
如何读经典
作为普通人，我们如何读经典？我的经验无论是《论语》柏拉图还是康德不妨就当作闲书来读，也就是说，阅读的心态和方式都应该是轻松的，千万不要端起做学问的架子刻意求解，读不懂不要硬读，先读那些读得懂的，能够引起自己兴趣的著作和章节这里有一个浸染和熏陶的过程，所谓人文修养就是这样熏染出来的，能否从阅读经典中感受到精神的极大愉悦，这差不多是对心智品质的一种检验。不过，也请记住，经典虽然属于每一个人，但永远不属于大众。读经典的轻松绝对不同于读大众时尚读物的那种轻松，每个人只能作为有灵魂的个人而不是作为无个性的大众，才能走到经典中去。
钻石之城
家乡柘城
三樱椒之乡

作　者：陈泓旭

我的书屋
我的梦
我的梦，中国梦，核心内涵是中华民族伟大复兴，基本内涵是实现国家富强，民族振兴、人民幸福、中国梦是人民的梦，是我的梦，是每一个热爱中国的人民共同奋斗的美丽的梦！

作　者：冯章炜

我的书屋 我的梦
书屋
我的书屋我的梦书，书，是人类智慧的结晶；书，是人类进步的阶梯。没有书，人类的智慧就会消失在历史的滔滔长河之中；没有书，人们将无法倾诉心中的情感；没有书，人们的生活将会变得枯燥无味。书是人们日常生活中不可缺失的一部分。书屋，便是存放这些智慧结晶的"圣地"。
周恩来总理曾说过："为中华之崛起而读书！"这句话是周恩来总理少年时代立下的志向，为中华之崛起而读书，就是要博览群书，全面发展，求真务实，勇于创新，做一个有理想，有道德，有文化，有纪律的高素质人才。
读书也像开矿一样沙里淘金。
——赵树理

作　者：付亦嫚

我的书屋 我的梦
祖国的乡村振兴

作　者：李可欣

我的书屋
我的梦
读书百遍，其义自见。
读书破万卷，下笔如有神。
时光飞逝，岁月沧桑，唯有读书才能
静静地品味，慢慢地思考。
人对话。

作　者：李梓瑄

我的书屋我的梦
WOW!
——书屋承载梦想——
食物之味，久食则厌；读书之味，愈久
愈深，书如同梨花，风吹雨打，洗尽铅
在小小的书屋中，我尽情地
描绘着我的梦想，书是梦
梦想的指路牌，是黑
夜中的明灯
Hi~
READ
阅读是一种
享受，读书之人能
体会到书中的
欢与愁，这是阅读。
读书的收获
"书是人类进步的阶梯"，这句话是高尔
基的名言。我觉得说的一点不错，一本好书，可以
给予人更多，更丰富的知识，可以多方面为人类的心灵打
造更多完善彻底的美丽形象，让许多人
陆陆续续登上文学的高峰。
我的书屋织就
了我的梦，我学会了果断
和勇敢；我的书屋织就了
我的梦，我变得谦虚
和友善；我的书屋
织就了我的梦，我更加自信
和优秀，少年智则国智，少年强则国强，作为
新时代的好少年，我会更加努力学习！
BOOK

作　者：林暎朵

作　者：刘书钰

作　者：刘怡然

作　者：齐梵妤

作　者：姚紫澜

I ♥ CHINA
书是我们人类的伙伴，
书是我们的朋友，书好
似我们的亲人，一起陪伴
我们度过时光！书籍，就像太阳
一样，永远照耀着我们，给我们
光明和力量
我的书屋我的梦
书籍是人
类进步的阶梯！书就像
甘露，哺育着我们这些幼
苗；书就像大海，让我们尽
情地遨游，书就像一盏明
灯，照亮我们灿烂的明天。
书是浩瀚无涯的大海，书
是朝霞绚丽的天空，书是
一个知识的世界。
ABC
我的书屋我的梦
每一株长在夜晚里的小草
如同一颗不快乐的心，每一个微尘
都开一朵触密的花。阳光隐去，太
阳藏在黑夜之间，孤单的行人
走在街上，如同一朵朵寂寞的
花，找不到寄托心灵的地方。
在我熟悉的那条小巷的老屋，
从一间充满古味的房子
里飘出幽幽的书香，
那是一家其貌不扬的
书屋，雷打不动地存
在着，任凭岁月流逝。

作　者：宋梓希

我的书屋
我的梦
20大
读书
可以去掉一
切烦恼，让人神清
气爽；读书可以增长知识，
让自己变得知识渊博，如果我成长在书的海
读一本好书，就是和许多
有人可能会问："为什么要读书？"
知识，慢慢地成为人才

作　者：邹一诺

我的书屋　我的梦
没有一艘船，
能像一本书，带你遨游
知识的海洋；没有一架阶梯
能像一本书，令你走向智慧的高
峰。读书是对心灵的静化，对头
脑的填充，读书也像开矿一样
"沙里淘金"。知识好像
泉水，源源不息。
名言名句
1. 读万卷书，行万里路
2. 读书破万卷，下笔如有神
3. 书山有路勤为径，
学海无涯苦作舟
4. 书是人类进步
的阶梯。
我爱阅读
我非常喜欢读书，现在每天放学我都
会花费时间去读书。我爱科学读物，我觉得书
中描写的科学知识和科学现象都好神奇。我想长大
当一名科学家。书中有描述什么是宇宙飞船，什么是卫星，
什么是火箭。我也喜欢童话故事，有王子和公主的故事，
有青蛙与公主的故事。
驻马店市第十四小学
四一班 秦新玥

作　者：秦新玥

作　者：原依晨

作　者：张雨茜